本书是国家社会科学基金重大项目"中央苏区民间史料收集、整理与研究"（17ZDA204）阶段性成果

中央苏区（闽西）革命歌谣选

中共福建省龙岩市委宣传部
龙岩学院中央苏区研究院　编

何志溪　主编

厦门大学出版社　国家一级出版社
XIAMEN UNIVERSITY PRESS
全国百佳图书出版单位

图书在版编目（CIP）数据

中央苏区（闽西）革命歌谣选 / 中共福建省龙岩市委宣传部，龙岩学院中央苏区研究院编；何志溪主编. -- 厦门：厦门大学出版社，2024.8
ISBN 978-7-5615-9212-0

Ⅰ. ①中… Ⅱ. ①中… ②龙… ③何… Ⅲ. ①民歌-作品集-福建 Ⅳ. ①I277.257

中国国家版本馆CIP数据核字(2024)第008927号

责任编辑　韩轲轲
美术编辑　张雨秋
技术编辑　朱　楷

出版发行　厦门大学出版社
社　　址　厦门市软件园二期望海路39号
邮政编码　361008
总　　机　0592-2181111　0592-2181406(传真)
营销中心　0592-2184458　0592-2181365
网　　址　http://www.xmupress.com
邮　　箱　xmup@xmupress.com
印　　刷　厦门市明亮彩印有限公司

开本　720 mm×1 020 mm　1/16
印张　22.75
插页　9
字数　266千字
版次　2024年8月第1版
印次　2024年8月第1次印刷
定价　78.00元

本书如有印装质量问题请直接寄承印厂调换

向
中华人民共和国成立75周年
暨古田会议召开95周年
献礼图书

主编简介

何志溪，福建上杭人，1938年生，龙岩市文化局艺术科科长任上退休后，任龙岩市民间文艺家协会主席、名誉主席。福建省民间文学交流中心高级研究员，中共福建省委统战部客家文化研究基地特聘研究员，闽台客家研究院客座研究员。1960年创办闽西首部文艺刊物《闽西群众文艺》，已出版《闽西民风概览》《闽西汉剧史》等22部图书，其中5部获省级以上奖项，《闽西山歌、歌谣选》在2014年10月福建省文联、省民间文艺家协会联合举办的"福建省优秀民间文学作品评奖"中获一等奖。曾被中共龙岩市委宣传部、市人事局和市文联联合授予"优秀文艺工作者"称号。曾赴新加坡和中国台湾进行学术交流。曾受聘任福建省人大教科文卫委专家组成员、五部大型电视剧顾问。龙岩学院客家文化研究成果展览馆以及中共龙岩市委、市政府主办的庆祝新中国成立60周年成就展和庆祝中国共产党成立100周年老区苏区成就展均设置展示何志溪资料的专柜。

图1 毛泽东、朱德、陈毅塑像
（何志溪摄于古田会议纪念馆）

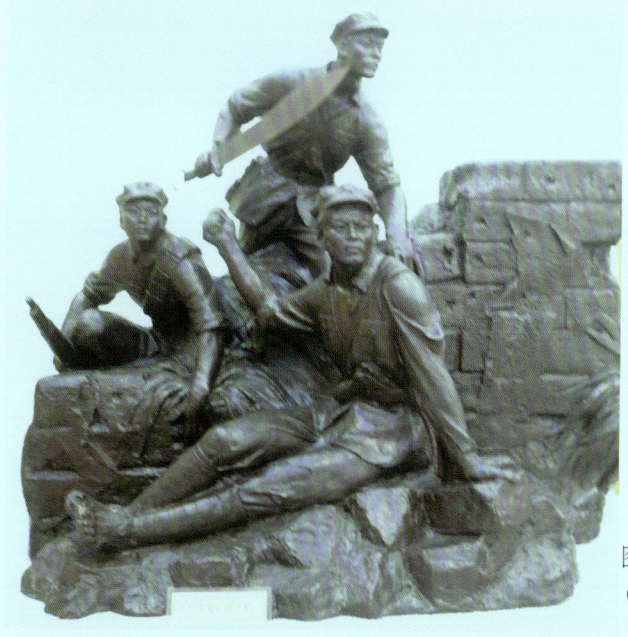

图2 红军战士雕塑
（何志溪摄于古田会议纪念馆）

图3 艰苦岁月雕塑
（潘鹤 作）

图4 女红军宣传员雕塑
（何志溪摄于古田会议纪念馆）

图5 土地革命战争时期印刷歌本等用的石印
（何志溪摄于古田会议纪念馆）

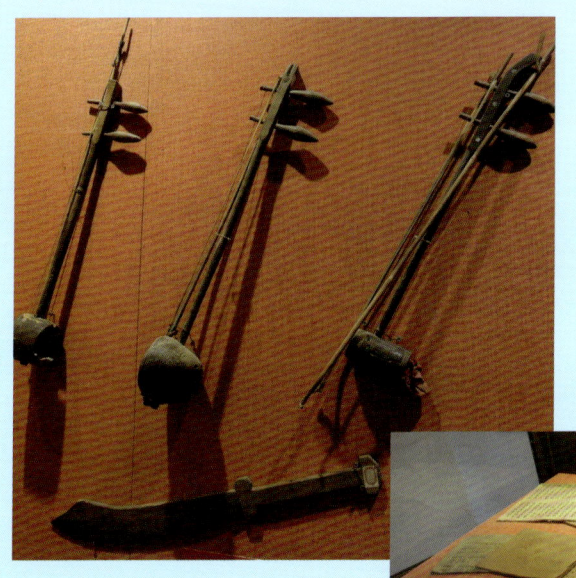

图6 土地革命战争时期用过的乐器和表演道具
（何志溪摄于古田会议纪念馆）

图7 土地革命战争时期用过的打击乐器和歌册
（何志溪摄于古田会议纪念馆）

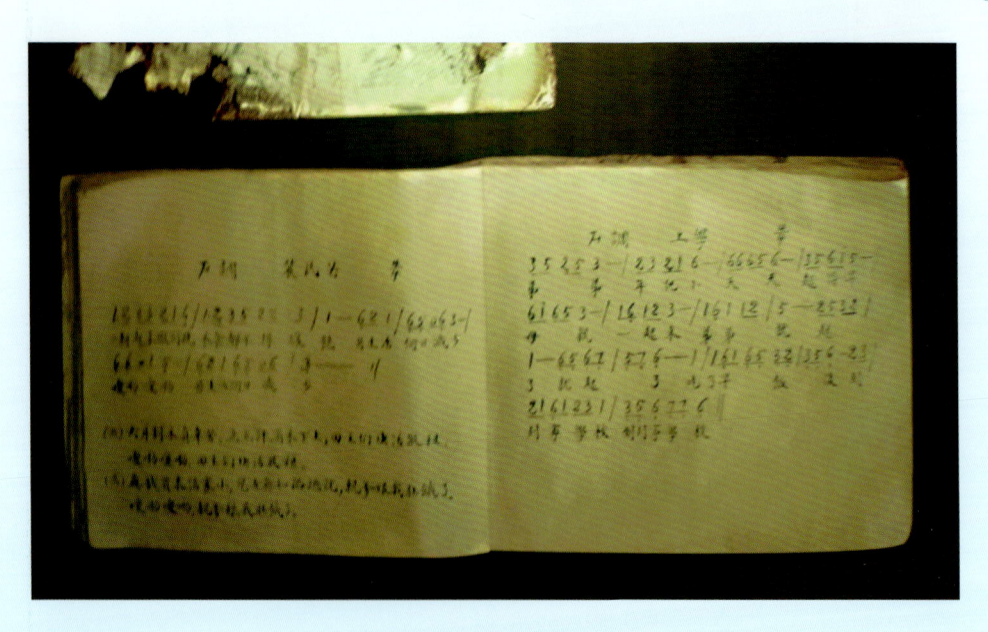

图 8　土地革命战争时期印制的歌曲本
（何志溪摄于古田会议纪念馆）

图 9　苏区歌舞
（何志溪、肖干南编著:《闽西民风概览》，鹭江出版社 2012 年版，第 379 页）

图 10　苏区农民舞
(何志溪、肖干南编著：《闽西民风概览》，第 378 页)

图 11　苏区儿童海军舞
(何志溪、肖干南编著：《闽西民风概览》，第 380 页)

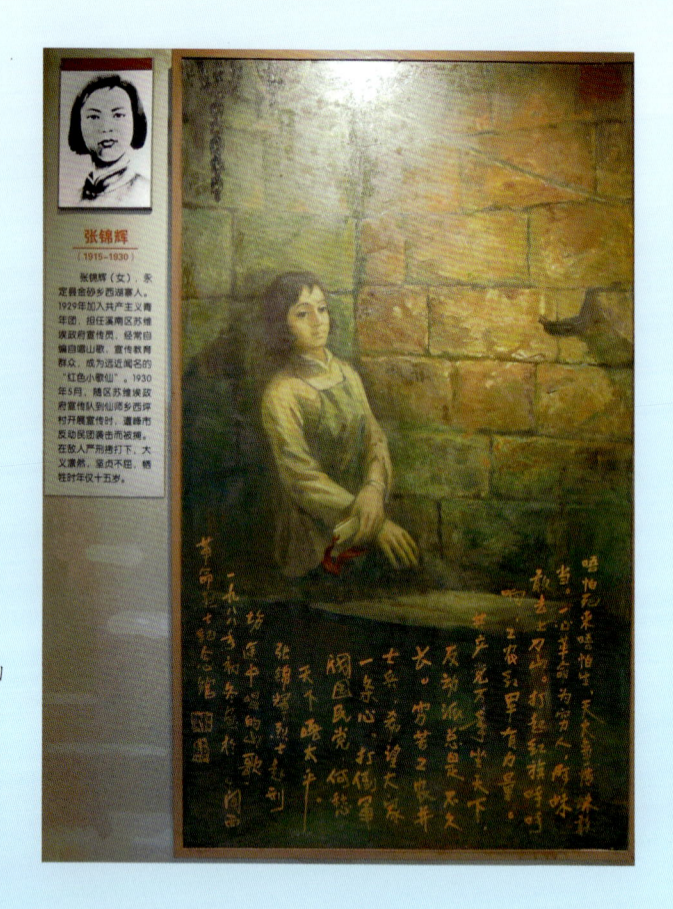

图12 苏区红色小歌仙
　　　张锦辉烈士
［何志溪摄于中央苏区（闽西）历史博物馆］

图13 老红军进行革命传统教育
（上杭县文体局 供图）

图 14　慰问红军演出（何志溪　摄）

图 15　双双草鞋送红军
（上杭县文体局　供图）

图 16　龙岩山歌传承人郭金香演唱苏区歌谣（何志溪　摄）

图 17　山歌大王李天生演唱苏区歌谣竹板歌（何志溪　摄）

图 18 著名客家山歌手许开聪、李银兰演唱红色山歌（何星祥 摄）

图 19 红色歌舞（丘保铭 供图）

图 20　红色歌舞（丘保铭　供图）

图 21　在革命旧址演唱苏区歌谣（何志溪　摄）

图 22　龙岩学院文艺小分队到农村演唱苏区歌谣（王聪生　供图）

图 23　中央电视台"心连心"艺术团来闽西老区慰问演出
（何志溪　摄）

图24 中央电视台"心连心"艺术团在古田会议旧址演唱苏区歌谣
（何志溪 摄）

图25 红四军攻打龙岩城
（田春雨 作）

前 言

　　山歌和歌谣，在中国已传承几千年。其产生于民间、流传于民间，内容都是反映当时人们的思想观念和社会现实。历史的长河，奔流到了20世纪风起云涌的年代，山歌和歌谣同样浸润在时代的风云中。

　　毛泽东同志有句形象的名言："一个枪杆子，一个笔杆子，干革命靠这两杆子。"毛泽东同志多次论述过要把革命文化工作放在与革命武装斗争同等重要的位置，文武两条战线缺一不可。革命山歌和歌谣，就是革命文化的一个重要组成部分。

　　在我国960万平方公里大地上，闽西是一片积淀了无数红色基因的热土。

　　早在1927年，闽西就有共产党领导的革命武装斗争。那时党组织便用当地的山歌和民间歌谣宣传革命。随着1929年3月红四军的入闽，一批革命文艺人才也来到闽西。随后，闽西苏区和赣西南苏区连成一片，形成中央苏区，其中闽西的永定、上杭、武平、长汀、连城、宁化、清流、归化、龙岩等都属中央苏区范围。

　　1929年12月，在上杭古田召开的古田会议上作出的《古田会议决议》就指出：红军的文化宣传工作，"是红军第一重大工作"，"红军宣传工作任务，就是扩大政治影响，争取广大群众"。规定从军政治部到每个连队，均应抽调文艺人才组织宣传队，大队则建立俱乐部，以大力开展群众性文娱活动。《古田会议决议》是我党我军建设的纲领性文献，也给苏区的群众文化活动指明了方向。1930年春天，以邓子恢为主席的闽西苏维埃政府成立，内设文化建设部，各县苏维埃政府设文化建设科，区、乡苏维埃政府设文化建设委员。1931年11月，中华苏维埃共和国临时中央政府成立，由徐特立、瞿秋白领导整个中央苏区的文化工作，并颁布了《俱乐部纲要》《工农剧社简章》《苏维埃剧团组织法》《儿童俱乐部的组织和工作》等重要文化法规。1932年成立的以张鼎丞为主席的"福建省苏维埃政府"，也设立了文化部。各级政府、学校也十分重视培养文艺人才，如当时的"高尔基戏剧学校"，在学生为期四个月的学习中，就有政治、唱歌、舞蹈、俱乐部工作等课程，学生每天早晚都要跳舞、唱歌。各地还陆续举办过一些短训班。这样，为整个苏区培养、输送了一批文艺骨干人才。

当时中央苏区的政治中心在红色首都江西瑞金；而经济中心，则在被称为"红色小上海"的长汀。这时是土地革命斗争的全盛时期，政权建设、军事建设和经济建设一片欣欣向荣，这就为闽西苏区的文化建设打下了社会和经济基础。此时，闽西苏区无论是各级党组织、各武装部队，还是各地方苏维埃政府，都十分重视以群众性的通俗的革命山歌和歌谣来宣传革命、发动群众、鼓舞斗志、瓦解敌军和活跃红军部队、苏区工农大众的文化生活。此时的闽西革命山歌和歌谣，已成为革命斗争中一个不可或缺的武器。闽西地下党创建人之一阮山烈士，曾亲自创作革命山歌、歌谣达50余种；闽西地下党创建人之一、国务院原副总理邓子恢，当年曾大量运用山歌宣传革命，被称为"山歌部长";著名的闽西游击司令刘永生,和闽西地下党创建人之一、全国人大常委会原副委员长张鼎丞都是在山歌宣传的感召下参加永定暴动的;少年女英雄张锦辉,因唱山歌宣传革命被捕而唱着山歌就义……多少青年男女,在革命山歌、歌谣的感召、动员下,才毅然投身到革命洪流中;红军长征后,革命山歌、歌谣伴随着游击战士度过艰苦卓绝的游击战争。

这些产生于当年土地革命斗争峥嵘岁月的山歌、歌谣,大量运用当地群众耳熟能详的生动群众语汇,继承了古代民歌的传统,物中寓意,景中寄情,大量运用赋、比、兴和直叙、白描、设问、对比、反复、烘托、反衬、双关、谐音、对偶、夸张等艺术手法,尤其大量运用了比喻中的明比、暗比、正比、反比、排比,形象、生动、准确地反映当时革命斗争的实际。所有词曲都紧贴时代的主题,词曲通俗易懂、易学易唱,民族风格浓郁,旋律优美明快,红军队列歌曲更是雄壮威武、朗朗上口,充分展示了当年闽西苏区革命干群的聪明才智。在那戎马倥偬的血火岁月里,这些山歌、歌谣唱响在闽西苏区的山山岭岭,成为当时革命血火的催化剂、革命斗争的号角。凡较大的革命历史事件,这些革命山歌、歌谣均有所反映,是闽西苏区二十年红旗不倒的一个历史见证。这些革命山歌、歌谣在革命战争年代所起的作用,在中共党史上是罕见的。它几乎是一部闽西革命斗争史诗,是一部具有文献性质的非物质文化遗产珍品,是闽西红色基因的重要组成部分。留存至今的当年的那些山歌、歌谣油印本、手抄本,已成为革命纪念馆的珍贵展品。

收进本书的这些革命山歌、歌谣,有的是20世纪50年代民间文艺工作者长期下乡采风搜集、记录、整理的;有的甚至是当年主力红军长征后,革命群众把这些油印歌册或手抄本隐藏在天棚屋角或埋藏在地下,冒着生命危险保存下来的。在新中国成立初期,闽西各级党和政府都曾组织力量对这些珍贵的革命山歌、歌谣进行过搜集、记录、整理,并内部油印成册。我于1980年6月与钟震东合作编撰《闽西革命歌谣》,由福建人民出版社出版;2011年10月我独自编撰《闽西山歌、歌谣选》,由鹭江出版社出版;2014年3月我与沈幸莲合作编撰《闽西革命历史歌曲选》,由鹭江出版社出版。这些革命山歌、歌谣曾流行一时,但因时过多年,许多革命山歌、歌谣已不再流行,原有的资料也多已散失,所剩无几。如今,中共龙岩市委宣传部为庆祝新中国成立75周年,组织力量,对这些分散在不同出版物中的闽西革命山歌、歌谣,进行完整地综合汇集、整理、注释,并附上曲调出版,既可用于革命传统教育,以赓续初心,又是对它们的保护、传承,是"学史明理、学史增信、学史崇德、学史力行"的一项具体行动。

  深入贯彻落实习近平总书记关于革命传统文化保护的重要指示批示精神,站在"两个一百年"的历史交汇点,起跑在新的历史起点上,从坚定文化自信、建设文化强国的高度,"回望过往的奋斗路,眺望前方的奋进路,必须把党的历史学习好、总结好,把党的宝贵经验传承好、发扬好"。立足当下,面向未来,我们应汲取闽西深厚红色资源的智慧和养料,唱响这些红色山歌、歌谣,砥砺奋进。

  全面建设社会主义现代化国家新征程已经开启,更加神圣的使命在召唤我们勇往直前,更加辉煌灿烂的未来在鼓舞我们接续奋斗。我们应大力弘扬长征精神和苏区精神,唱响这些在革命血与火的斗争中产生的闽西红色山歌、歌谣,同心同德,真抓实干,聚力建设闽西革命老区高质量发展示范区,奋力谱写全面建设社会主义现代化国家的龙岩新篇章!

目 录

上卷　革命山歌歌词选

引　歌　/ 3

第一辑　启发阶级觉悟的山歌　/ 9
　　一、想起苦情割心肠　/ 10
　　二、穷根就是刮民党　/ 28

第二辑　中央苏区时期的山歌　/ 35
　　一、多谢朱德毛泽东　/ 38
　　二、雄鸡一啼天大亮　/ 46
　　三、苏区政权一枝花　/ 53
　　四、参加红军最荣光　/ 63
　　五、支援红军打胜仗　/ 70

第三辑　关于游击战争的山歌　/ 76
　　一、乌云遮日不久长　/ 78
　　二、革命唔怕经风雨　/ 82
　　三、坚持游击出奇兵　/ 87

第四辑　革命儿童山歌　/ 92
　　一、儿童团员小英雄　/ 93
　　二、你们打仗我耕田　/ 95

1

中卷　革命歌谣歌词选

第一辑　苦情歌谣 / 102
 一、头一痛苦是工农 / 102
 二、细媳妹子真作恶 / 124
 三、只因制度不公平 / 130
 四、军阀年年争地盘 / 135

第二辑　中央苏区时期歌谣 / 139
 一、朱毛红军到闽西 / 139
 二、劳苦工农庆翻身 / 150
 三、先吃苦来后吃甘 / 155
 四、天下主人是工农 / 162
 五、男女平等好主张 / 177
 六、贫苦农民掌文权 / 184
 七、欢送亲人当红军 / 189
 八、拖枪过来当红军 / 203
 九、支援红军打天下 / 210
 十、铁打江山红万年 / 224

第三辑　关于游击战争的歌谣 / 238

第四辑　儿童革命歌谣 / 244
 一、苦情日子何时了 / 244
 二、从小跟着共产党 / 246
 三、好哥哥好弟弟 / 251

下卷 革命山歌、歌谣曲调选

第一辑 歌颂党和领袖歌曲 / 261
 共产党领导好 / 261
 保佑共产党万万年 / 262
 日头一出红又亮 / 262
 日头出来红搭红 / 263
 一棵蜡梅千朵花 / 264
 感谢恩人毛泽东 / 264
 永远记住毛泽东 / 265

第二辑 启发阶级觉悟歌曲 / 267
 我本是一工农 / 267
 黄连树上结苦瓜 / 268
 农民受苦歌 / 269
 妇女苦情歌 / 270
 十八姐嫁三岁郎 / 271
 救穷歌 / 272
 工人受苦歌 / 274
 工人歌 / 275
 工农联合歌 / 275
 雄鸡一叫天就亮 / 276

第三辑 动员闹革命歌曲 / 277
 跟着委员毛泽东 / 277
 工农兵联合歌 / 277
 土地革命歌 / 278

奋斗曲　/279

红军一到世道平　/280

妇女解放歌　/281

十别妹　/282

毕业歌　/284

第四辑　宣传武装斗争歌曲　/285

武装暴动歌　/285

工农红军到古田　/286

欢送同志去参军　/287

新打梭镖　/288

红旗插遍天下　/288

前进曲　/289

欢送红军出发歌　/290

不怕白鬼来烧楼　/290

第五辑　扩大红军歌曲　/292

扩大红军歌（一）/292

扩大红军歌（二）/293

送郎当兵歌　/293

劝郎当红军　/295

送郎当红军　/296

欢送红军歌　/297

奋不顾身歌　/297

风吹竹叶　/298

韭菜开花一杆子心　/299

红军永远为工农　/300

青年进行曲　/301

新战士歌 / 301

庆祝前方红军胜利 / 303

第六辑　红军军队歌曲 / 305

红军进行曲（一） / 305

红军进行曲（二） / 306

红军永远向前进 / 307

我们红军歌 / 308

红军行军歌 / 309

中国人民解放军闽粤赣边区纵队队歌 / 310

奋斗歌 / 311

保卫根据地战斗曲 / 312

大家要努力 / 313

伟大的使命歌 / 313

杀敌歌 / 314

红军青年竞赛歌 / 315

赤卫战士顶呱呱 / 317

坚持游击唔怕饥 / 317

第七辑　瓦解敌军歌曲 / 319

奉劝白军弟兄歌 / 319

白军士兵你来听 / 320

抓兵歌 / 321

白军苦 / 322

第八辑　苏区政权建设歌曲 / 323

建立苏维埃 / 323

现今人民作了主 / 324

苏区政权一枝花 / 324

自由结婚歌 / 325

工人纠察队 / 326

工农剧社社歌 / 327

第九辑　拥军支前歌曲 / 328

拥护红军万万年 / 328

红军最光荣 / 329

慰劳红军歌 / 329

细编斗笠送亲人 / 330

欢送红军出发歌 / 330

军民合作阵地牢 / 331

袋袋食盐送上山 / 332

"五一"世界劳动节 / 332

长岭寨上打一仗 / 333

当年红军涂坊上 / 334

第十辑　抗日救亡歌曲 / 335

共产党有主张 / 335

送　别 / 336

保卫闽西 / 339

第十一辑　少年儿童革命歌曲 / 340

共产党儿童团歌 / 340

少年先锋队歌 / 341

打得白狗呕呕叫 / 342

分田歌 / 343

读书歌 / 344

吃了饭 / 345

鼓动青年哥哥 / 345

哥哥当红军　/346

送别离　/346

赶起黄牛登路程　/347

黄牛　黄牛　/348

开会了　/348

儿童晚会歌　/349

相亲相爱　/350

后　记　/351

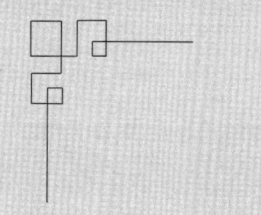

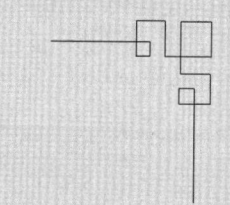

上卷
革命山歌歌词选

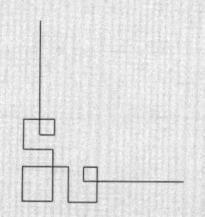

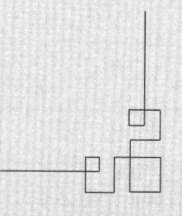

引 歌

红色山歌千千万

袍岭[①]青松排对排,汀江两岸搭歌台;
红色山歌千千万,句句都从心底来。

共产党点燃革命火

客家山歌最有名,首首山歌颂党恩;
共产党点燃革命火,领导穷人闹翻身。

山歌开路打头行

闽西人民闹革命,山歌开路打头行;
多少艰难胜利事,山歌都是见证人。

不知从何唱开腔

共产党来恩情长,不知从何唱开腔;
好比鲜花千万朵,朵朵红来朵朵香。

---

① 袍岭:挂袍岭,闽西上杭县山岭名。

首首山歌颂党恩

人人动手把歌编，歌山歌海唱千年；
千音万调从心出，首首山歌颂党恩。

千条大河万条江

千条大河万条江，哪有共产党恩情长！
恩情编成山歌唱，山歌要用船来装。

首首山歌向党唱

山区人民爱唱歌，歌本装满千万箩；
首首山歌向党唱，一人开口万人和。

一人唱起万人和

汀江河水波接波，革命山歌箩打箩；
这山唱来那山应，一人唱起万人和。

至今才唱挖穷根

山歌越唱越有情，自古以来唱到今；
从来一代传一代，至今才唱挖穷根。

山歌唱来鼓人心

山歌唱来鼓人心，革命就是救穷人；
唱出几多英雄汉，唱醒几多梦里人。

唱歌不是比声音

唱歌不是比声音，第一要求意义深；

革命山歌上战阵，吓得敌人抖抖怔。

山歌越唱越出来
革命豪情满胸怀，山歌越唱越出来；
唱到鸡毛沉河底，唱到石头浮起来。

穷人无钱有山歌
穷人无钱有山歌，妹唱山歌大家和；
自从来了共产党，唱的都是革命歌。

唱得满山烈火烧
山歌越唱音越高，革命山歌大家和；
一首山歌一团火，唱得满山烈火烧。

迎来万里红旗飘
打开喉咙唱山歌，月琴来和九龙箫；
唱歌也是为革命，迎来万里红旗飘。

专唱革命值千金
朝晨食饭到如今，唱首山歌当点心；
有人请妹唱两首，专唱革命值千金。

口唱红歌又相逢

口唱红歌又相逢，唔曾①约好有敢②同；
阿哥好比量天尺，老妹好比时辰钟。

首首都赞红军哥

会织绫罗梭对梭，会唱山歌歌驳③歌；
阿哥一首妹一首，首首都赞红军哥。

若唱革命就开声

讲唱山歌我唔④惊，走过江湖走州城；
老古山歌我唔唱，若唱革命就开声。

要唱就唱苏维埃

讲唱山歌莫发呆，湖蜞⑤相打驳起来；
别个山歌唔要唱，要唱就唱苏维埃。

世代留下血泪歌

问我山歌有几多，老的就有十八箩；
祖公算上十八代，世代留下血泪歌。

---

① 唔曾：客家话，意为未曾，没有。
② 敢：客家话，意为这样。
③ 驳：客家话，意为对接，这里是指对歌，客家话称驳山歌。
④ 唔：客家话，意为不。
⑤ 湖蜞：蚂蟥。

树排①下滩溜起来

塘里无鱼浪无来，百年笛子吹起来；
革命山歌大家唱，树排下滩溜②起来。

唔唱风流唱红歌

走过横排③又上坡，老妹要我唱山歌；
用尺量衫有分寸，唔唱风流唱红歌。

唱首山歌表真情

鱼爱水来鸟爱林，我唱山歌靠众人；
感谢大家多关注，唱首山歌表真情。

心中欢喜就唱歌

心中欢喜就唱歌，唱得太阳唔落坡；
唱得天上无昼夜，都因分田打土豪。

今日翻身又来唱

做人生婢④年载多，丢撇⑤几多好山歌；
今日翻身又来唱，首首都唱革命歌。

---

① 树排：木排。将原木捆扎成一排，顺河水运输。
② 溜：客家话，唱的意思。客家话称唱山歌为溜山歌。
③ 横排：山腰横路。
④ 生婢：媳妇。客家称媳妇是指孩子的老婆。
⑤ 丢撇：丢弃，忘掉。

唱歌要唱革命歌

唱歌要唱革命歌，歌唱翻身把家当；
感谢家乡苏维埃，感谢救星共产党。

唱出几多英雄来

一首山歌一个排，唱出几多英雄来；
唱出几多英雄汉，都因山歌唱服偃①。

一路都唱革命歌

山中山谷起山坡，山前山后山树多；
山里穷人爬山路，一路都唱革命歌。

红军阿姐搭歌台

红军阿姐搭歌台，八方歌手聚拢来；
革命山歌汀江水，源远流长滚滚来。

---

① 唱服偃：偃，客家话，意为我。唱服偃，即通过唱山歌说服了我。

第一辑　启发阶级觉悟的山歌

群众路线历来是我们党最主要的工作方法，在革命战争中尤其如此。毛泽东同志历来强调"群众是真正的英雄"。习近平总书记也指出："人民既是历史的创造者，也是历史的见证者。"革命战争只能靠充分动员广大群众的积极参与，才能取得胜利。所以在革命战争年代，不论是党组织、红军部队，还是苏维埃政府，都把发动群众当作"是第一位的工作"。

他们利用当地群众所喜爱的山歌曲调，填上动员闹革命的歌词，宣传旧社会的苦难、闹革命的宗旨，成为当时广泛运用的一种宣传发动群众的形式，如《累断腰骨饿断肠》《妇女处在最底层》《反动统治恶天年》《牛耕田来马食谷》《至今才唱挖穷根》《空肠空肚见阎王》等。这些山歌精准地反映了旧社会劳动人民的深重苦难，广泛宣传为什么穷人终年劳动还那么穷、地主老财终年不劳动却那么富的道理，启发他们的阶级觉悟，动员他们要改变自身命运，只能投身革命斗争。这类山歌占了闽西革命山歌的相当大部分。

一、想起苦情割心肠

（一）世世代代苦死哩

穷人头上三把刀

穷人头上三把刀，租重税多利息高；
又剥皮来又刮骨，砸碎骨头再熬膏。

世间最苦作田侪[①]

世间最苦作田侪，黄连树上挂苦瓜；
黄连树下埋猪胆，从头苦到脚底下。

耕田老哥空禾仓

木匠师傅篾缚床，做衫师傅烂衣裳；
泥匠木匠无屋住，耕田老哥空禾仓。

裁缝师傅披烂席

劳苦农民吃树叶，做鞋嫂嫂着木屐；
风水先生无墓坟，裁缝师傅披烂席。

世世代代苦死哩

世世代代苦死哩，朝看东来夜看西；
鲤鱼食到虾公脚，几多委屈无人知。

---

① 作田侪：客家话，意为耕田的人。作田，耕田；侪，人，大家。

半升糙米煮青菜

月光有圆家难圆，穷人日子真可怜；
半升糙米煮青菜，一家饿得软绵绵。

一身无肉又无血

一日到夜无停歇，一年到头无年节；
留得一副骨架子，一身无肉又无血。

壁上打钉挂簸箕①

壁上打钉挂簸箕，穷人怒气无人知；
上天无路地无门，四方八面壁般岖②。

四块竹板③走四方

四块竹板走四方，烂锅炒菜无油香；
日里食尽千家饭，夜晚睡尽烂祠堂。

穿底竹篓做枕头

穿底竹篓做枕头，睡尽几多门角头④；
蓑衣烂网当被盖，捡顶破笠遮日头。

---

① 簸箕：一种竹制圆形盛大米之类谷物的用具。
② 壁般岖：岖，陡峭。壁般岖，这里形容走投无路。
③ 四块竹板：乞丐打着四块竹板唱竹板歌乞讨。
④ 门角头：客家话，指门后面的角落。

无个日子讲笑谈

壁上打钉挂算盘,算来算去无日闲;
一年三百六十日,无个日子讲笑谈。

三餐无食煮糠头

日也愁来夜也愁,三餐无食煮糠头;
旁人问我样般①煮?浮浮澎澎②一锅头。

腊月到来讲过年

腊月到来讲过年,家中无米又无钱;
油盐酱醋无一样,农民辛苦枉耕田。

没块猪肉来过年

穷人可怜真可怜,没块猪肉来过年;
南瓜冬瓜当鸡鸭,番薯芋卵③当汤圆。

收起禾镰米缸空

作田人家真正穷,收起禾镰米缸空;
老鼠晦气住错屋,灶膛里面睡猫公。

穷人糠粄都无食

今朝社会黑暗天,农民有苦口难言;
穷人糠粄都无食,富人三餐像过年。

---

① 样般:客家话,怎样、如何。
② 浮浮澎澎:形容米糠浮在水面的形状。
③ 番薯芋卵:地瓜、芋子。

一把麦子三碗汤

年年日子无春光,禾镰挂壁空米樻[1];
年关过后米谷贵,一把麦子三碗汤。

饿着肚子去耕田

农民生活真艰难,无粮无菜又无盐;
三餐吃点"金狗头"[2],饿着肚子去耕田。

园中蔬菜摘到光

过荒时节泪汪汪,三餐无米食杂粮;
百样杂粮食到尽,园中蔬菜摘到光。

咁苦日子样般当

咁[3]苦日子样般当,六月刈禾用瓮装;
又要留来做谷种,又要留来度饥荒。

累生累死饿断肠

山高路陡雾茫茫,累生累死饿断肠;
下无田地上无瓦,茅草搭寮把身藏。

---

[1] 米樻:盛米的有盖木制大桶。
[2] 金狗头:一种山间生长的植物的块根,穷人用来充饥。
[3] 咁:客家话,这样。

落雨屋里像口塘

四条柱子三行梁，茅草盖顶泥糊墙；
天晴床上算星子，落雨屋里像口塘。

朝晨野菜昼边①糠

朝晨野菜昼边糠，晚餐稀粥照月光；
扎紧裤带来过日，只望有些救命粮。

竹筒吹火两头空

我今谋生去广东，钱无赚到心头痛；
家中老婆被拐走，竹筒吹火两头空。

得到疾病无钱医

莳田②时节雨霏霏，又无笠麻无蓑衣；
衫裤淋湿无替换，得到疾病无钱医。

肚饥怎得早禾黄

风吹禾苗一行行，怎得禾苗来封行③；
嘴干怎得新开井？肚饥怎得早禾黄？

穷人难过四月荒

咁苦日子样般当，穷人难过四月荒；
日里无粒喂鸡米，夜里无粒老鼠粮。

---

① 昼边：客家话，意为中午。
② 莳田：客家话，意为插秧。
③ 封行：作物长得密密麻麻，使人看不见行间土面的现象。

累断腰骨饿断肠

六月里来热难当，累断腰骨饿断肠；
三餐半锅"田螺菜"①，家中当作救命粮。

禾镰挂壁空米椤

六月里来日子长，禾镰挂壁空米椤；
冬青树叶碓糠粄，蕉头②当肉骗肚肠。

夜晡无被盖石头

北风一吹偓③就愁，夜晡④无被盖石头；
旁人问偓样般盖？揽上揽下汗淋头。

十月寒冷盖蓑衣

讲起苦情无人知，又无蚊帐又无被；
六月蚊多烧臭草，十月寒冷盖蓑衣。

身上无衣心里冷

身上无衣心里冷，鞋子着到无后跟；
帽子开花裤打结，棉袄烂成猪脚筋。

---

① 田螺菜：一种野菜。
② 蕉头：蕉芋头。
③ 偓：客家话，意为我。
④ 夜晡：客家话，意为夜里。

一身衫裤布筋连

穷人可怜真可怜，一身衫裤布筋连；
就连遮羞也无法，一日到夜泪涟涟。

劳苦工农痛苦深

劳苦工农痛苦深，三餐吃的苦菜根；
衫裤破了打个结，脚下无鞋冷到心。

单身阿哥真可怜

单身阿哥真可怜，衫裤烂了无人连[①]；
心想请人补一补，可怜身上又无钱。

夜里捶背到天光

十月日短夜来长，天上落雪又打霜；
手脚麻木心肝冷，夜里捶背到天光。

寒冬腊月真苦凄

寒冬腊月真苦凄，夜里无被盖蓑衣；
蓑衣拿来样般盖？缩头缩脚像鲮鲤[②]。

昏天黑地盼日头

劳苦长工真苦愁，穿个衫裤打结头；
夜里无床睡谷笪[③]，昏天黑地盼日头。

---

① 连：缝补。
② 鲮鲤：客家话，即穿山甲。
③ 谷笪：一种竹蔑编的铺在地板上晒谷的工具。

卷卷缩缩钻秆蓬

一重麻布隔重风，十重麻布好过冬；
叔婆伯姆问俚样般睡？卷卷缩缩钻秆①蓬。

穷人日子苦难当

穷人日子苦难当，没食没穿住破房；
春荒四月难度日，拆屋卖瓦卖儿郎。

催租逼债如虎狼

禾子青青谷未黄，穷人难过四月荒；
地主豪绅更作恶，催租逼债如虎狼。

地主狗腿帮打帮②

地主狗腿帮打帮，拳打脚踢把人伤；
起耕夺田霸房屋，入门倒柜又翻箱。

世道刻薄真刻薄

世道刻薄真刻薄，爷娘生俚无着落③；
身上有力无工做，心想耕田无田作。

寒冬腊月打赤脚

寒冬腊月打赤脚，一条裤带用绳索；

---

① 秆：稻草。
② 帮打帮：一批又一批。
③ 无着落：没有依靠，没有保障。

夜晚无床睡地铺，借住别人门寮角①。

肉补衣衫天补房

穷苦农民苦难当，肉补衣衫天补房；
地主逼债算盘响，大斗大秤把谷量。

老哩讨食蹲屋角

寒来风吹秆做袄，热来蚊子又作恶；
病来无医喝开水，老哩讨食蹲屋角。

看牛童子吃哩亏

看牛童子吃哩亏，风吹笠麻半天飞；
捡得笠麻牛又走，赶得牛来肚又饥。

唔昼唔夜唔敢归

日头落山冉冉低，放牛妹子真吃亏；
牛食唔饱家倌②骂，唔昼唔夜唔敢归。

放羊跌烂膝头皮

深山画眉配竹鸡，放羊跌烂膝头皮；
回去东家又打骂，食饭罚偓壁边企③。

---

① 门寮角：大门旁边角落。
② 家倌：公公。
③ 壁边企：企，客家话，意为站。壁边企，靠墙壁站。

挑担脚夫真苦情

挑担脚夫真苦情，未到半夜就出门；
百里路途当日返，还在路上肚就饥。

挑担阿哥真可怜

挑担阿哥真可怜，行破脚底磨破肩；
挑得重来行唔得，挑得轻来只有草鞋钱。

百般难比挑担苦

挑担行路最可怜，一步唔得一步前；
挑得多来难开步，挑得少来又无钱。

挑担伕子苦情哥

挑担伕子苦情哥，上州下县穷奔波；
汗水滴穿千年石，路上石刀刺心窝。

世上长工第一苦

世上长工第一苦，肩挑重担行长路；
三日肩头四日脚，又累又渴目又乌①。

南门码头搬货苦

南门码头搬货苦，三餐粥汤灌满肚；
百斤担子千斤重，一级石阶十步路。

---

① 目又乌：眼睛发黑。

老板东家剥削狠

早晨赚来籴①米煮，夜晡赚来医父母；
老板东家剥削狠，恶过土匪凶过虎。

幸有凉亭作停歇

风起吞哩天上月，大雨倾盆白如雪；
赶路未到天地暗，幸有凉亭作停歇。

打柴还在半路中

寒风阵阵吹入胸，凉亭歇脚无挡风；
去时细雨转时雪，打柴还在半路中。

熨斗难熨世道平

脚踏衣车②夜不停，熨斗难熨世道平；
件件新衣手边出，尽是打扮有钱人。

打铁师傅真可怜

打铁师傅真可怜，日夜围在火炉边；
一头一面乌漆黑，背驼手酸汗涟涟。

再白肉色烟得乌

焙纸唔算真功夫，有了朝晨无夜晡；
一日要烧三遍火，再白肉色烟得乌。

---

① 籴：客家话，意为买。
② 衣车：缝纫机。

杂工师傅坐湖塘

做纸师傅焙纸郎,杂工师傅坐湖塘①;
双脚踏在湖塘里,可比监狱坐班房。

石灰生意苦功夫

石灰生意苦功夫,没个朝晨和夜晡;
食尽几多冷饭菜,睡尽几多烂席铺。

石灰出在吊钟岩

石灰出在吊钟岩②,赚钱辛苦路难行;
日里愁着柴难挑,夜里愁着无卖场。

补锅头来补锅头

补锅头来补锅头,还兼补盆配锁头;
日陪火炉夜住庙,三餐无饱烂裤头。

撑船之人真是冤

撑船之人真是冤,风吹雨打无时闲;
冷天拖船如刀割,热天撑船汗涟涟。

嫁个老公撑木排

前世无修就是俚,嫁个老公撑木排;

---

① 湖塘:沤烂竹麻造纸的石灰水池。
② 吊钟岩:地名,位于上杭县古田镇,盛产石灰。

天晴日子还可过，落雨水涨愁死俚。

刮民党来纸票多[1]

刮民党来纸票多，日日贬值无奈何；
前墟卖只牛牯钱，今日难买一只鹅。

畲家老命累一世

鸟叫出门去耕山，鬼叫回家睡草房；
畲家老命累一世，到头荒山无坟场。

急得心肝都变横

越穷越急急死生，急得心肝都变横；
急得爷娘无话讲，急得有路唔晓行。

天上乌云堆打堆

天上乌云堆打堆，没阵大风吹唔开；
没阵大风吹唔散，没个穷人解得心头开。

（二）妇女处在最底层

妇女处在最底层

妇女处在最底层，好比猪胆拌黄连；
封建婚姻真作恶，何日才有出头天？

---

[1] 纸票多：国民党统治晚期滥发纸币，纸币每天都大幅度贬值。

千条铁链万重枷

最苦就是妇人家，真正做牛又做马；
流尽几多辛酸泪，千条铁链万重枷。

做人生婢唔当一只猪

三片黄麻唔当一片苎①，做人生婢唔当一只猪；
三餐食饭坐桌角，公婆吃肉偃吃薯。

肚饥硬拖无人知

老妹自幼被人欺，寒风雨雪割芦箕②；
上昼割来下昼卖③，肚饥硬拖无人知。

背脊贴床天就光

六月日子热难当，家娘④喊我碓砻糠⑤；
三箩砻糠碓到净，背脊贴床天就光。

做人婢女苦最深

世道不平又不均，做人婢女苦最深；
没吃没穿当牛马，挨打挨骂服侍人。

---

① 苎：黄麻、苎均为搓线材料。
② 芦箕：一种用来烧火煮饭菜的蕨类植物。
③ 上昼、下昼：上午、下午。
④ 家娘：婆婆。
⑤ 碓砻糠：将谷壳舂成粉末用来喂猪。

磨碾黄豆碎了心

天亮挑水压弯腰，半夜做事累断筋；
东家还说偃偷懒，磨碾黄豆碎了心。

三岁离娘卖给人

三岁离娘卖给人，七岁打柴受苦辛；
八岁下田学耕种，眼泪洗面汗洗身。

菜汤菜脚堆面前

劣舌家娘牙呟呟①，骂七骂八样样嫌；
好菜靓菜偃无份，菜汤菜脚堆面前。

等郎妹子②真苦凄

等郎妹子真苦凄，等到郎大妹老哩；
等到花开花又谢，等到团圆月落哩。

偃今瓜棚剩空藤

等郎妹子苦一生，好比门前苦瓜棚；
别人苦瓜还有结，偃今瓜棚剩空藤。

十八大妹九岁郎

十八大妹九岁郎，一高一矮来拜堂；

---

① 劣舌家娘牙呟呟：形容多嘴多事的婆婆。
② 等郎妹子：旧社会穷人若无男孩，便买或抱养一个女婴，待生下的男孩长大后，让他们结成夫妻。此习常造成女大男许多，甚至酿成悲剧。

说是老公人敢①矮，说是儿子不叫娘。

放在床上二尺长

十八妹带三岁郎，半夜睡醒口喊娘；
抱在手里七斤重，放在床上二尺长。

十八大姐三岁郎

十八大姐三岁郎，朝朝夜夜抱上床；
一夜撒哩三堆尿，床下好比放鱼塘。

又要假装极有福

唔系吵闹就是哭，细细老公太劳碌②；
惹催整日心火起，又要假装极有福。

左手捞来右手空

高山流水响淙淙，妹拿挠子捞虾公；
哥问捞了有几多？左手捞来右手空。

做人婢女真艰难

做人婢女真艰难，夜无床铺睡牛栏；
跳蚤撩俚做把戏，蚊子陪俚讲笑谈。

---

① 敢：客家话，意为这么。
② 劳碌：捣蛋、好动。

可怜婢女泪汪汪

四月夜短日子长,还没天光就起床;
砍柴洗衫又挑水,可怜婢女泪汪汪。

可怜薄命嫁穷夫

可怜薄命嫁穷夫,缺衣少食目珠乌;
三餐食饭没上桌,灶头桌角得兜哺①。

一身无块好皮肤

打骂唔敢怨翁姑,无食无着②打骂有;
伤口未平鞭又下,一身无块好皮肤。

何日才能天大光

问偃姑子问偃丈③,咁苦日子样般当④;
咁苦生活样般过,何日才能天大光。

寡妇艰难难断肠

寡妇艰难难断肠,有事无人来商量;
子又细来女又细,睡醒孤单恨夜长。

亏哩寡妇无老公

蕹菜一切两头空,亏哩寡妇无老公;

---

① 得兜哺：客家话。哺,意为蹲;得兜哺,经常蹲。
② 着：客家话,意为穿。
③ 丈：这里指姑丈、姐丈、姨丈等亲戚。
④ 样般当：客家话。样般,怎样。样般当,怎样过。

讲话声音唔敢大，走起路来无威风。

光棍无妻苦难堪
光棍无妻苦难堪，又做女来又做男；
自家做米自家煮，自家缝补洗衣衫。

二、穷根就是刮民党

都因反动掌政权

簸箕脱匣剩圆圈①，穷人有苦难申冤；
千般道理也空讲，都因反动掌政权。

穷根就是刮民党

你也穷来我也穷，穷人痛苦根相同；
穷根就是刮民党，挖了穷根才唔穷。

都因田地被占光

好山好水好地方，好花好树好村庄；
就是穷人无好日，都因田地被占光。

为何我们这样苦

穷人日子苦难当，四季穿着破衣裳；
为何我们这样苦，都因豪绅剥削光。

世间最恶是土豪

世间最恶是土豪，活活杀人不用刀；
霸占几多好田地，逼死几多嫩娇娘。

---

① 脱匣剩圆圈：底部脱开后，只剩周边竹框。

如今世道不平和

如今世道不平和，穷苦工农受煎熬；
住在深山怕老虎，住在村里怕土豪。

牛耕田来马食谷

牛耕田来马食谷，财主不劳倒享福；
穷人三餐无米煮，财主酒肉撑破肚。

烦恼多来烦恼多

烦恼多来烦恼多，烦恼家中欠债多；
手拿算盘打一打，本头更少息更多。

利上加利命都休

七月哩来七月秋，财主又来把债收；
一块光洋[①]还两块，利上加利命都休。

看今世道会发癫

看今世道会发癫，穷人日子赛黄连；
又要交捐又交税，豪绅地主像神仙。

磨盘底下榨黄连

土豪劣绅黑心肝，日想食肉夜想钱；
虎口喝下穷人血，磨盘底下榨黄连。

---

① 光洋：旧时的硬币，即银圆。

土豪是倨大冤家

耕田用犁又用耙，劳苦农民是一家；
劳苦农民要团结，土豪是倨大冤家。

土豪劣绅是虎狼

团团怒火烧胸膛，土豪劣绅是虎狼；
算盘一响笔一划，田地房舍被算光。

土豪剥削苦难当

土豪剥削苦难当，害得倨们真凄凉；
耕田之人无饭食，一日三餐喝粥汤。

最毒莫过土豪心

青竹蛇牙蜈蚣嘴，蝎子尾巴马蜂针；
砒霜加上断肠草，最毒莫过土豪心。

乌云唔散天唔光

乌云唔散天唔光，油灯唔点灯唔亮；
土豪劣绅唔打倒，穷人年年是饥荒。

黑暗世道真无情

豪绅逼债害穷人，黑暗世道真无情；
老天日日雷公面，菩萨个个恶煞神。

住在村中怕土豪

住在山中怕豺狼，住在村中怕土豪；

想起重重压迫苦，满腔怒火烧胸膛。

土豪劣绅压迫人

先日穷人不是人，土豪劣绅压迫人；
有钱三十为长老，无钱八十也闲情。

苛捐杂税多如毛

国民党呀真糟糕，苛捐杂税多如毛；
过桥行路抽厘金，不怕穷人会倒灶①。

反动贼古害人精

反动贼古害人精，心肝狠毒讲不清；
河边洗手鱼会死，脚踩地皮草不生。

厓讲东家剥削凶

长工苦来苦长工，一年辛苦一场空；
东家讲厓命注定，厓讲东家剥削凶。

加租加税又抓丁

反动社会恶食人，劳苦工农受苦深；
大年三十紧逼债，加租加税又抓丁②。

---

① 倒灶：客家话，意为倒霉、不幸。
② 抓丁：指国民党靠抓壮丁来补充兵员。

水有源来树有根

水有源来树有根，穷人贫苦莫怨天；
终年劳累被剥削，打倒土豪才申冤。

穷根只因剥削凶

提起土豪恨心中，穷根只因剥削凶；
共产党呵来领导，拿枪革命往前冲！

帝国主义罪恶深

帝国主义罪恶深，想拿中国来瓜分；
制造军阀大混战，屠杀工农不忍闻。

人间处处是战场

可怜战火遍八方，各派军阀各称强；
越打越乱无停歇，人间处处是战场。

各派军阀打斗忙

各派军阀打斗忙，争权争利争地方；
借到番银①还不起，便想卖国保官场。

福建军阀刘、卢、张

福建军阀刘、卢、张②，个个都想称大王；
抽捐派款抓民伕，不顾生死争地方。

---

① 番银：外币。指借外债。
② 刘、卢、张：指福建军阀刘和鼎、卢新铭、张贞。

军阀混战时日长

军阀混战时日长，工农群众苦难当；
到处兵灾和战祸，几多家破与人亡。

中山痛苦在黄泉

总理①归天未二年，党员争利又争权；
绝俄除共大烧杀，中山痛苦在黄泉。

怕有红色帽子加

扶植工农救中华，联俄联共并不差；
而今唔敢公开讲，怕有红色帽子加。

民国无王几十年②

民国无王几十年，贫苦工农真可怜；
保佑快快出天子，子民百姓好安宁。

笠麻拿来翻转戴

中华民国"新世界"，笠麻拿来翻转戴；
地痞流氓当长官，婊子拿来做太太。

提起豪绅滚油煎

今朝世道不比先，提起豪绅滚油煎；

---

① 总理：指孙中山先生。
② 这首民歌原是写在上杭县蓝溪镇上祝山村至稔田镇大坝村路上一座凉亭的墙壁上。

勾结官厅派军饷，要派五百开一千。

反动统治恶天年

反动统治恶天年，尽是落雨无晴天；
土豪劣绅团匪狠，要人要粮又要钱。

千年奴隶要翻身

黑夜茫茫盼天明，穷人日夜盼红军；
劳苦工农要暴动，千年奴隶要翻身。

要有出路须革命

这个世界太不公，富的富来穷的穷；
要有出路须革命，革命成功日子红。

第二辑　中央苏区时期的山歌

本辑是中央苏区时期的山歌选辑，包括歌颂革命领袖和共产党，歌颂苏区政权建设和扩大红军、支援前线等内容。

在如火如荼的土地革命斗争中，闽西苏区产生了一大批歌颂党、歌颂革命领袖的山歌。如《毛委员足迹遍上杭》《红军为俚开天门》《共产救星滴滴亲》等，尽是发自工农劳苦大众的心声。这些歌曲反映了当时的历史真实，体现了人们对共产党、对革命领袖的热爱和深厚感情。这些对于今天的我们，仍有其现实教育意义。

在创建闽西革命根据地的过程中，党领导苏区广大军民，一方面持续不断地开展武装斗争，粉碎了敌人一次又一次的武装"围剿"；另一方面又在苏区进行了一系列的政权建设、农业建设、工业建设、商业建设和文教卫生建设。当时，在县、区、乡，层层建立了苏维埃政府、工会、农会，还成立了贫农团、妇女会、赤卫队、儿童团等革命群众组织；在龙岩、永定、上杭开展了较为彻底的土地革命，并使大部分土地革命的果实一直保留到新中国成立后；在长汀建立了被服厂、斗笠厂等一系列工厂和红色医院；在才溪成立了党领导下的中国第一个消费合作社；在各地创建了列宁师范、各级中小学和妇女夜校、俱乐部、新剧团等文化教育机构。整个中央苏区呈现一片热气腾腾的局面。与此同时，培养和涌现了一大批全心全意为劳苦大众服务的苏区干部，使其成为一支革命的骨干力量。

在这一过程中，产生了一大批反映苏区火热建设的山歌，如《共产党来了分到田》《世间神圣是工农》《跳出枯井见青天》《红军一到打土豪》《苏区干部好作风》等，成为闽西革命斗争山歌的重要组成部分。

与此同时，开展了大规模的扩大红军、支援前线、拥军优属运动。毛泽东同志有句名言："枪杆子里面出政权。"这是我们党对当时中国社会现实进行深刻分析后得出的结论。中国革命只能以武装的革命推翻武装的反革命，走以武装夺取政权的道路。所以当时出现了许多关于实行武装暴动、动员参军参战、宣传拥军优属、积极支援前线的山歌，如《暴动前后两重天》《扩红支前忙又忙》《髻子剪掉也甘心》《双双草鞋送红军》等，对当时武装斗争的开展起了很好的宣传和促进作用。过去夺取政权靠革命的武装，今天保卫社会主义政权，同样得依靠强大的现代化武装，今天我们重温这些山歌，既能加深对当时革命斗争的认知，同时也具有深刻的现实意义。

土地革命斗争的最终目的，是推翻反动统治，建立劳动人民自己的政权，实现"分田分地分地主浮财"的目的，让"千年土地还家"，改善广大人民群众的生活。当这个目的得到初步实现后，劳动人民为了保卫胜利果实，便踊跃参军参战、支援前线，积极开展拥军优属活动，为保卫苏维埃政权而斗争，涌现了许多母送子、妻送郎当红军的感人事迹。如当时上杭县才溪区发坑村有位叫林攀信的贫苦农民，为了保卫胜利果实，把大儿子林金堂送去当红军，不久大儿子在一次战斗中不幸牺牲；

他又把二儿子林金森送去当红军，可不久二儿子也在战斗中英勇牺牲；他忍住巨大悲痛，把最后一个儿子林金香送进了红军部队，不料不久三儿子又壮烈牺牲。三个儿子成了著名的"一门三烈士""红色三兄弟"。就这样一个小小才溪区，当年便有3400多人参加了红军，占当地青壮年总数的80%。后来他们中有1000多人在历次战斗中英勇牺牲，其中40多位是当时团级以上干部。到解放初期，这个小山区出现了"九军十八师"（九位军级干部、十八位师级干部）的奇迹。当年产生的《送郎当红军》《十送郎》《扩大红军歌》等山歌，至今仍脍炙人口、久唱不衰。

历史证明，只要我们党真心实意为人民谋利益，让人民得到实实在在的革命"红利"，人民就会真心拥护革命，和党建成血肉相连的关系。我们今天整理、演唱这类歌曲，就是要以史为鉴，不忘初心。

一、多谢朱德毛泽东

多谢朱德毛泽东

日头一出满天红，多谢朱德毛泽东；
带领大家闹革命，工农做了主人翁。

来了救星共产党

紫金山高汀水长①，红旗飘飘歌声扬；
拨开云雾见青天，来了救星共产党。

红旗飘飘过汀江

红旗飘飘过汀江，长岭寨②上打胜仗；
毛委员来了救星到，日出乌云一扫光。

长岭寨上打一仗

今日出发东陂岗，火烧衙门浪荡光；
长岭寨上打一仗，打死郭匪③楼梯扛。

---

① 紫金山高汀水长：紫金山，上杭县境内一座名山，原为旅游胜地，今以盛产金铜矿闻名；汀水，指从紫金山山脚流过的汀江。

② 长岭寨：长汀县境内名山。1929年3月14日晨，红四军主力在军长朱德、党代表毛泽东指挥下，在长岭寨打响入闽第一仗。经3小时激战，红军攻克长岭寨，全歼守军2个团，击毙旅长郭凤鸣，并乘胜进占长汀城。战斗中，红军俘敌2000余人，缴获枪支500余支、迫击炮3门、炮弹100多发和大批布匹。

③ 郭匪：指当时驻防长汀县的军阀旅长郭凤鸣，在红军入闽第一仗的长岭寨战斗中被击毙。

等来朱德过新年

盼来红军己巳年①,等来朱德过新年;
朱德一来豪绅倒,豪绅一倒日子甜。

盼来红军己巳年

盼来红军己巳年,劳苦工农掌政权;
打碎千年铁锁链,铁树开花红满天。

上杭来了毛委员

腊月梅花唔怕霜,黑夜熬过天已光;
上杭来了毛委员,穷人见到红太阳。

都因朱德毛泽东

羊角花②开红又红,都因朱德毛泽东;
过去禾仓几粒谷,今年禾仓满崇崇。

革命领袖毛泽东

鲜花一丛又一丛,革命领袖毛泽东;
人人拥护苏维埃,建设苏区万年红。

胜利全靠毛泽东

船靠舵来箭靠弓,吹尽乌云靠东风;

---

① 己巳年:这里指 1929 年。这年 3 月红四军自江西进入闽西。
② 羊角花,闽西山野一种野花。

翻身全靠共产党，胜利全靠毛泽东。

天下第一毛泽东

人人翘起手指公，天下第一毛泽东；
双手扭得乾坤转，工农翻身乐融融。

银河唔知矮几多

千山万岭彩眉高，彩眉岭①高接银河；
比起领袖毛主席，银河唔知矮几多。

人心向党永不变

水浸千年石不烂，人心向党永不变；
莫学月亮有圆缺，要学太阳朝朝圆。

毛委员来新泉乡②

红旗飘飘过汀江，毛委员来新泉乡；
豪绅见了吓破胆，穷人见了乐洋洋。

朱毛③来到新泉村

灯芯开花喜事临，朱毛来到新泉村；
组织暴动闹革命，一切政权归工农。

---

① 彩眉岭：上杭县古田镇古田会议旧址后面的一座山名。

② 新泉乡：今为连城县新泉镇，1929年12月毛泽东曾在这里对红四军进行著名的新泉整训。

③ 朱毛：指朱德、毛泽东。

毛委员住在树槐堂

苏家坡水水流长,毛委员住在树槐堂;①
事事为民出主意,穷人革命有指望。

毛委员来到才溪乡

油菜开花满田黄,毛委员来到才溪乡②;
脚穿草鞋访贫苦,村南村北话家常。

毛委员来蛟洋乡

毛委员来蛟洋乡,文昌阁上红旗扬;③
召开闽西党代会,革命更是有规章。

毛委员来到贫农家

毛委员来到贫农家,竹寮茅舍放光华;
贴心话像及时雨,浇得铁树也开花。

毛委员足迹遍上杭

一双布鞋一把伞,几块木板一张床;

---

① 苏家坡、树槐堂:苏家坡,上杭县古田镇一个畲族村。树槐堂是村内一座古民居楼名,1929年毛泽东曾住在这里指导闽西土地革命斗争。

② 才溪乡:今上杭县才溪镇,当年中央苏区模范乡。毛泽东同志曾先后三次到才溪乡进行农村调查。1933年11月第三次去调查耗时十多天,写成《才溪乡调查》这一经典著作。

③ 蛟洋乡、文昌阁:蛟洋乡,今上杭县蛟洋镇。1929年7月,毛泽东曾到这里指导在文昌阁召开的中共闽西"一大"会议;文昌阁位于上杭县蛟洋村,建于清乾隆六年(1741年)至十九年,历时13年建成,为宝塔式土木楼阁建筑,是福建省首批省级重点文物保护单位。

一盏马灯随身带，毛委员足迹遍上杭。

要是见到毛委员

娘送我儿去参军，祝你立功上瑞金；
要是见到毛委员，写封家信告双亲。

朱毛一来就分田

日头一出红满天，朱毛一来就分田；
土豪劣绅都打倒，贫苦农民笑连连。

多谢朱毛恩情多

放开喉咙唱山歌，唱的都是翻身歌；
打了土豪分田地，多谢朱毛恩情多。

朱德带来百万兵

正月里来是立春，朱德带来百万兵；
穷人见了嘻嘻笑，土豪劣绅见了抖抖怔。

朱德打得汀州破

风吹竹叶响叮当，去年红军打涂坊；
朱德打得汀州破，反动白鬼一扫光。

周恩来是播火人

八一南昌起义军，孔庙门前斗豪绅[①]；

---

① 孔庙门前斗豪绅：1927年8月南昌起义军撤出南昌后，周恩来、朱德率领起义军挺进粤东时，途经闽西，沿途开展革命斗争。

点起一把革命火，周恩来是播火人。

周恩来带兵入上杭
九月里来菊花黄，周恩来带兵入上杭；
南昌起义红旗举，划破夜空见曙光。

心心向着共产党
山中百鸟朝凤凰，天上群星向太阳；
世上人心也有向，心心向着共产党。

翻身莫忘共产党
汀江流水水流长，工农翻身幸福长；
幸福长在心肝里，翻身莫忘共产党。

哪朵朝阳哪朵香
党是太阳照四方，照得大地暖洋洋；
人心好比花朵样，哪朵朝阳哪朵香。

红军一来奇事多
日头一出照山窝，红军一来奇事多；
大房大舍穷人住，屋里也敢唱山歌。

工农红军爱穷人
工农红军爱穷人，帮助穷人打豪绅；
千年苦水一口吐，仇要报来冤要伸。

工农红军顶呱呱

工农红军顶呱呱,五月初一打白砂①;
鸭妈岗②上打一仗,白鬼个个喊爹妈。

五月初一打白砂

五月初一打白砂,好比快刀切冬瓜;
毛委员亲自来指挥,汀江两岸开红花。

红军为俚开天门

铁锤镰刀红五星,扬过一村又一村;
红旗为俚把路引,红军为俚开天门。

朱毛红军嫡嫡亲

扫净屋子铲净坪,泡好香茶迎贵宾;
人家问我何贵客?朱毛红军嫡嫡亲。

红军好来红军好

红军好来红军好,穷人东西不白要;
黄瓜地里留铜板③,自古以来才看到。

---

① 白砂:今上杭县白砂镇。
② 鸭妈岗,白砂镇内一地名。
③ 留铜板:铜板,古铜钱。红四军初到古田时,当地群众受国民党宣传欺骗,纷纷逃进深山。红军在老百姓菜地摘了黄瓜,按市价将购瓜铜板用纸包好,挂在黄瓜架上。老百姓回来看到后,一传十,十传百,从此百姓和红军打成了一片。

纸糊灯笼戳破了

红军一来人人笑,帮我挑水帮打扫;
土豪造谣共产恶,纸糊灯笼戳破了。

句句歌唱红四军

老姜煮酒热在心,高山打鼓传千村;
放开喉咙大声唱,句句歌唱红四军。

红军一到世道平

阴雨绵绵落不停,大雾茫茫天不晴;
山路弯弯走不尽,世道浑浑何时平?

云开日出雨就停,风吹雾散天就晴;
走完山路有大路,红军一到世道平。

井冈烽火遍地燃

打倒土豪分了田,扩大红军建政权;
苏区风光无限好,井冈烽火遍地燃。

子子孙孙跟党走

吃过黄连才晓甜,熬过寒冬爱春天;
子子孙孙跟党走,铁打江山红万年。

二、雄鸡一啼天大亮

雄鸡一啼天大亮

雄鸡一啼天大亮,革命不怕路途长;
只要跟着共产党,穷人一定有春光。

云散天青见日头

不要急来不要愁,云散天青见日头;
只要一心革命闹,总有幸福在后头。

转身就会变新人

劝你不要苦在心,愁愁急急伤自身;
只要大家齐革命,转身就会变新人。

穷苦人民就出头

大叶茅来小叶茅,土豪劣绅贼骨头;
打倒土豪和劣绅,穷苦人民就出头。

何愁革命不成功

一理通来百理通,十人之中九人穷;
九个穷人能团结,何愁革命不成功。

十枝竹子拗唔弯

一枝竹子拗得断,十枝竹子拗唔弯;
只要大家团结紧,消灭白鬼唔会难。

跳出枯井见青天
苦了一年又一年，枯井烧香暗上烟；
只有来了共产党，跳出枯井见青天。

共产党来了天就光
东风吹来花就香，共产党来了天就光；
烧田契来分田地，当家作主喜洋洋。

铁拳砸烂旧政权
地主有田我有镰，地主有势我有拳；
镰刀劈碎旧世界，铁拳砸烂旧政权。

暴动一声满地红
暴动一声满地红，四军入闽心更雄；
抗捐抗债抗租税，土豪劣绅狗命终。

分田分地乐陶陶
拿起刀枪和梭镖，齐心暴动打土豪；
田契债约全烧掉，分田分地乐陶陶。

穷人翻身做了主
要打恶虎射虎头，要打土豪烧炮楼；
穷人翻身做了主，吃用穿着不用愁。

红军一到打土豪

红军一到打土豪，穷人日子步步高；
好比竹根长春笋，好比芝麻开花苞。

豪绅不倒不收兵

打鱼要打塘中心，唔怕塘里水咁深；
打鱼不到不收网，豪绅不倒不收兵。

百万工农举刀枪

杆杆红旗天下扬，百万工农举刀枪；
土豪劣绅全打倒，红色政权万年长。

拿起刀枪打豺狼

新打梭镖两面光，红军威名震四方；
男女老幼齐参战，拿起刀枪打豺狼。

豪绅也喊偓老爷

下田唔怕踩到蛇，上山唔怕虎张牙；
上杭铁城①一打破，豪绅也喊偓老爷。

团结起来夺政权

无屋无舍又无田，无食无穿又无钱；
穷人困苦莫怪命，团结起来夺政权。

---

① 上杭铁城：史有"铜赣州铁上杭"之说。

缴得枪支几万支

消息传来人人喜，打败龙岩陈国辉[①]；
红军打了大胜仗，缴得枪支几万支。

平顶笠麻篾缠沿

平顶笠麻篾缠沿[②]，保护共产万万年；
保护红军万万岁，穷人才有日子甜。

要向豪绅作猛攻

广泛团结佢工农，要向豪绅作猛攻；
抗租抗捐斗豺狼，分田分地扫贫穷。

要求出路须革命

终年劳苦是饥寒，子哭妻啼血泪干；
要求出路须革命，不然永世一般般！

唔怕颈上架刀枪

有胆革命有胆当，唔怕颈上架刀枪；
割去头颅还有颈，挖去心肝还有肠。

只要穷哥心相同

羊角花开满山红，要想翻身莫愁穷；

[①] 陈国辉：当年驻守龙岩的军阀。

[②] 平顶笠麻：笠麻，即竹制挡雨的斗笠，有平顶和尖顶两种。平顶斗笠多为知识分子等戴用，红四军用的也是这种；尖顶斗笠较粗糙，多为劳动人民戴用。

红军宣传十分对,只要穷哥心相同。

世上穷人共个命

柑子各股共张皮,榕树千头共条根;
世上穷人共个命,就要革命共条心。

敢闹暴动怕谁人

敢打庵庙唔怕神,敢闹暴动怕谁人?
阿哥可比诸葛亮,唔怕曹操百万兵。

上天无路架天梯

上山唔怕山咁岖①,打虎唔怕虎逞威;
入地无门破地狱,上天无路架天梯。

革命烈火炼金刚

革命烈火炼金刚,唔怕土豪势力强;
工农团结力量大,石板捣到变湖洋②。

连南暴动十三乡

红旗一展天下亮,连南暴动十三乡③;
拿起刀枪打天下,穷人唔再受凄凉。

---

① 咁岖:客家话,即那么陡。
② 湖洋:湖洋田,一种如同沼泽般的烂泥田。
③ 十三乡:旧社会连城县南部的新泉等十三个乡村称"连南十三乡",曾发生著名的"连南十三乡暴动"。

红军来到新泉乡

风吹竹叶响叮当,红军来到新泉乡;
前方打了大胜仗,缴了好多机关枪。

红军检阅好威风

羊角花开满山红,背头山坪①闹盈盈;
三村八凹群众到,红军检阅好威风②。

土地回家有根源

树有根来水有源,土地回家有根源;
要是没有共产党,闽西星火怎燎原?

龙川两岸太阳红

红军一到刮春风,龙川③两岸太阳红;
春风吹开云和雾,太阳晒死害人虫。

红军一来天开眼

沙滩地上架楼房,反动统治唔久长;
红军一来天开眼,穷苦农民把家当。

暴动前后两重天

暴动前后两重天,一个苦来一个甜;

---

① 背头山坪:连城县新泉镇一广场名。土地革命战争时期"纪念广州暴动两周年大会"在这里举行。
② 红军检阅好威风:当年在这里红军和赤卫队接受过朱德军长的检阅。
③ 龙川:流经龙岩的河流,下游注入闽南九龙江。

先日黄连配猪肚，今朝蜂蜜拌糖丸。

泥蛇脱壳会变龙

赤米煮粥满锅红，阿妹爱哥唔嫌穷；
只要同心闹革命，泥蛇脱壳会变龙。

妹要恋哥慢两年

门前花盆种株莲，妹要恋哥慢两年；
先打土豪分田地，后再同妹结团圆。

三、苏区政权一枝花

各地建立苏维埃
斧头不怕扭丝柴，红军不怕反动派；
领导工农来暴动，各地建立苏维埃。

苏区政权一枝花
苏区政权一枝花，花根扎在穷人家；
工农大众有了党，红色政权遍天下。

苏区干部好作风
苏区干部好作风，自带饭包去办公；
日着草鞋闹革命，夜走山路访贫农。

红旗一展飘半空
红旗一展飘半空，斧头镰刀在当中；
红旗插上高山顶，明灯照得满天红。

共产党来了分到田
穷人苦了几十年，共产党来了分到田；
租契换上耕田证，土地还家日子甜。

锦绣河山归工农
霹雳一声闹暴动，锦绣河山归工农；
土豪劣绅全打倒，熊熊烈火映天红。

村村建立苏维埃

连南暴动十三乡,劳苦大众分田忙;
村村建立苏维埃,家家户户喜洋洋。

红山红水红满天

打倒土豪分了田,闽西处处建政权;
汀江两岸都红遍,红山红水红满天。

大家参加农协会

共产来了喜洋洋,分田分地忙又忙;
大家参加农协会,国家大事共商量。

村村农会建立起

闽西处处石榴红,红色政权归工农;
村村农会建立起,汀江两岸一片红。

样样事情要领先

受欺受压上千年,今日翻身见青天;
今日翻身当了家,样样事情要领先。

自由结婚有老婆

红军来哩好得多,穷人翻身笑呵呵;
不花钱财有田地,自由结婚有老婆。

自家田里耕种忙

共产来了喜洋洋，自家田里耕种忙；
勤耕勤种无懒汉，五谷丰登有余粮。

又会耕田使犁耙

你莫笑我耕田嬷，红军妹子顶呱呱；
又会拿枪打白狗，又会耕田使犁耙。

瞎子开目见光明

红军来了大翻身，穷人当家做主人；
学习文化入夜校，瞎子开目见光明。

乡里成立合作社

同志嫂，笑呵呵，写信告诉红军哥：
乡里成立合作社，祝你前方唱凯歌。

春耕提早莫迟延

今年不比旧前年，残酷战争在眼前；
保证秋收加两成，春耕提早莫迟延。

努力创造丰收年

残酷战争在眼前，努力创造丰收年；
多种杂粮多养猪，节省莫要乱花钱。

早起三朝当一工

早起三朝当一工,大家赶快打冲锋;
春耕计划完成后,劳苦工农不会穷。

多开荒地与荒田

多开荒地与荒田,赤色农民总动员;
多铲草皮做肥料,增加税收保财源。

选种除虫要认真

选种除虫要认真,多花肥料勤耕耘;
今年收获定然好,实现秋收加二成。

大修坏圳与崩陂

大修坏圳与崩陂,蓄水池塘也整齐;
水足不愁天不雨,年成丰熟笑眯眯。

封建礼教尽推翻

妇女头上四座山[①],红军来哩一下搬;
男婚女嫁讲自主,封建礼教尽推翻。

妇女如今已翻身

大雨过了已天晴,妇女如今已翻身;

[①] 四座山:指封建社会压在妇女头上的政权、族权、神权、夫权四座大山。

封建婚姻要抵制，自由结婚笑盈盈。

自由恋爱结夫妻
岭岗顶上插红旗，老妹辫子剪掉哩；
打倒土豪分田地，自由恋爱结夫妻。

白头到老情意长
男女平等好主张，买卖婚姻废除光；
自由结婚双方愿，白头到老情意长。

同心同德同劳动
自由结婚不要钱，双方自愿结良缘；
同心同德同劳动，志同道合日子甜。

双方父母同抚养
自由结婚不怕穷，只要两人心相同；
双方父母同抚养，幸福日子乐融融。

打破封建旧礼教
红军来哩实在好，打破封建旧礼教；
只要自愿就结婚，聘金彩礼全不要。

穷人莫愁单只公
赤色区域归工农，穷人莫愁单只公[①]；

[①] 单只公：客家话，即单身汉。

只要男女都自愿，同心到老结成双。

有情有义有商量

才情女子配才郎，有情有义有商量；
工作生产都做好，家庭幸福乐洋洋。

女子得到自由权

女子得到自由权，不比旧时卖银钱；
文明结婚真正好，保佑红色万万年。

自由结婚日子红

竹筒吹火火焰红，感谢朱德毛泽东；
妇女翻身得解放，自由结婚日子红。

哨子一吹奔操场

不到天亮就起床，哨子一吹奔操场；
阿哥参军上前线，阿妹练武保后方。

军民一家心连心

鱼爱水来鸟爱林，工农红军爱农民；
军民团结力量大，军民一家心连心。

生产支前保家乡

红梅耐得腊月霜，才溪妇女志如钢；
一手拿枪一手锄，生产支前保家乡。

前方后方心连心

革命路上步不停,家中事情莫挂心;
十八条例①尽优待,前方后方心连心。

百货有卖土货销

工农群众心莫愁,莫讲今年苦哩兜②;
乡里办起合作社,百货有卖土货销。

苏区妇女学犁耙

对面桐树开白花,苏区妇女学犁耙;
手扶犁耙翻翻转,学会犁耙好当家。

红军家属拉犁耙

桐树开花叉打叉,红军家属拉犁耙③;
保佑红军万万岁,革命成功使牛马。

合作社田边来摆摊

小小扁担三尺三,油盐百货一肩担;
翻山越岭为革命,合作社田边来摆摊。

---

① 十八条例:当时在部分苏区实行的优待红军家属条例。
② 苦哩兜:客家话,意为还有点苦。
③ 拉犁耙:缺少耕牛,便以人力来牵拉犁耙耕田。

何愁团匪① 不荡平

工农群众要分明，莫话团匪难肃清；
动员工农齐下手，何愁团匪不荡平。

配合红军打团匪

你积极来我积极，配合红军打团匪；
团匪头子打倒了，团丁回头当红军。

拿起梭镖打团防②

新打梭镖闪闪光，拿起梭镖打团防；
杀得土豪无处躲，吓得团丁忙缴枪。

打倒军阀杨逢年③

闹连连来闹连连，打倒军阀杨逢年；
万恶军阀消灭后，工农政权万万年。

捉到士兵不要杀

民众起来要分明，消灭军阀卢新铭④；

---

① 团匪：地方反动武装民团。
② 团防：地方反动武装民团。
③ 杨逢年（1892—1951）：福建军阀张贞部下的旅长，时任"闽西前敌剿匪指挥部"指挥。后来参加过抗日战争。新中国成立前夕，其儿子参加了地下党和解放军。
④ 卢新铭（1888—1951），福建长汀人，国民党少将旅长。1930年冬任福建"剿匪"前敌指挥部第三支队司令，1949年6月任福建省第七区（长汀）行政督察专员兼保安司令，1949年10月16日在长汀参加闽西起义。1951年7月30日在长汀被处决。

捉到士兵不要杀，士兵也是穷苦人。

又当扁担又当枪
一根梭镖五尺长，又当扁担又当枪；
碰上敌人就打仗，打完仗来又运粮。

新打梭镖两面光
新打梭镖两面光，井冈星火燎汀江；
劳苦工农齐踊跃，烧毁地狱造天堂。

加紧查田莫放松
日头一出东边红，加紧查田莫放松；
拥护全苏代表会①，击破敌人的进攻。

粉碎"围剿"一回回
粉碎"围剿"一回回，工农红军显神威；
毛委员指挥仗仗胜，胜利军号阵阵吹。

红军打下龙岩城
红军打下龙岩城，打开牢门救亲人；
杀土豪来烧田契，穷人个个把田分。

河里无水变沙滩

---

① 全苏代表会：1931年11月在江西瑞金召开的中华苏维埃第一次全国代表大会。

山上无树变荒山，河里无水变沙滩；
如今若无共产党，穷人哪得把身翻。

世间神圣是工农

日头一出红彤彤，世间神圣是工农；
创造人类衣食住，顶天立地主人翁。

四、参加红军最荣光

大家来去当红军

大家来去当红军,第一就要青年人;
青年同志最勇敢,冲锋杀敌有精神。

领导穷人把家当

共产党来好主张,领导穷人把家当;
政权建立要巩固,组织穷人齐武装。

参加红军最荣光

红旗插出咁飘扬,参加红军最荣光;
打倒土豪分田地,扫除封建有春光。

三千男儿当红军

才溪儿女心最红,扩大红军打先锋;
三千男儿当红军,只求革命早成功。

生产支前齐努力

才溪羊角花最红,毛委员讲话记心中;
生产支前齐努力,人人争做主人翁。

参加红军为工农

树大根深唔怕风,参加红军为工农;
甘洒热血闹革命,永跟朱德毛泽东。

坚决斗争是出路

新做红旗簇簇新,欢送青年当红军;
坚决斗争是出路,革命路上步不停。

革命同志上前方

新做红旗四四方,革命同志上前方;
前方打仗要坚决,要把白匪消灭光。

整连整排上前线

革命同志你要知,扩红①运动又来哩;
整连整排上前线,大会报名正当时。

阿哥穿上红军装

阿哥穿上红军装,糠菜拌粥味也香;
以前比人矮三寸,如今走路挺胸膛。

红花贴胸郎出征

送郎报名当红军,口食蜂糖甜在心;
老妹亲手红花做,红花贴胸郎出征。

梭镖缴到盒子枪

新打梭镖两面光,拿起梭镖上前方;

---

① 扩红:扩大红军,当时简称"扩红"。

拿起梭镖杀敌去，梭镖缴到盒子枪①。

送郎当红军②

一送俚郎当红军，嘱郎出去放落心；
家中一切妹会管，不要你来牵挂心。
二送俚郎当红军，嘱郎出去下决心；
家庭观念要打破，一心一意打敌人。

无子过世也甘心③

红旗插出日日新，俚郎出去莫挂心；
一心一意为革命，无子过世也甘心。

当兵就要当红军

韭菜开花一条心，当兵就要当红军；
红军处处为百姓，百姓个个敬红军。

莫忘革命把军参

河流千里也有源，树高万丈也有根；
今日翻身作了主，莫忘革命把军参。

---

① 盒子枪：短枪、手枪，俗称驳壳枪、盒子枪。
② 这首山歌是著名的上杭才溪模范烈属王秋莲当年动员丈夫参军时所唱。
③ 无子过世也甘心：王秋莲唱《送郎当红军》动员丈夫参军后，她丈夫就报了名当红军。在入伍集训前夕，他们三岁的儿子突然患上天花去世。她丈夫便犹豫不决，想生个儿子后再上前线。王秋莲就唱了这首山歌说服丈夫勇敢上前线。后来她丈夫在一次战斗中壮烈牺牲。王秋莲化悲痛为力量，一直坚持革命。新中国成立后，她被评为模范烈属。

要做赤色好儿郎

笊篱①能打滚饭汤，钝刀能砍硬柴梆；
革命唔怕腊月雪，要做赤色好儿郎。

青年同志胆要雄

羊角开花满山红，青年同志胆要雄；
坚决斗争是出路，加入红军最光荣。

一齐武装上前线

山歌唱来句句真，青年同志听分明；
一齐武装上前线，消灭万恶白匪军。

韭菜开花一秆子心

韭菜开花一秆子心，剪掉髻子当红军；
砸碎千年铁锁链，流尽热血也甘心。

妇女剪髻当红军

韭菜开花一条心，妇女剪髻当红军；
头上戴起五星帽，扛起梭镖多精神。

阿哥出门打天下

我劝阿哥莫念家，阿哥出门打天下；
莫怕辛苦莫怕死，共产成功好大家。

---

① 笊篱：客家人煮大锅饭时用以捞饭的竹制捞具。

多杀白军慰娘心

星子落哩天正明，穷人最恨是白军；
快上前线杀敌去，多杀白军慰娘心。

新打草鞋千万针

新打草鞋千万针，送给阿哥当红军；
保佑红军万万岁，自由结婚更入心。

十八九岁当红军

正月里来是立春，十八九岁当红军；
先到武平打一仗，一仗打倒钟冠勋①。
二月里来雨涟涟，绍葵②败退转岩前；
革命形势日日好，绍葵逃到庵里边。

一门光荣四烈士

上坊聪娣③翻哩身，四个儿子争参军；
哥哥去后弟报名，部队相逢喜又惊。
兄弟四人来竞争，不怕牺牲冲在先；
一家光荣四烈士，留得美名千古传。

---

① 钟冠勋：武平当地反动武装头目。
② 绍葵：即钟绍葵，国民党地方军阀，老巢在武平岩前。
③ 上坊聪娣：上坊，上杭县才溪乡一个村名；聪娣，当地著名烈属，其家中一门四烈士。

胜利果实要保护

共产党来了除痛苦，分了田地有米煮；
踊跃报名当红军，胜利果实要保护。

海枯石烂不变心

当兵就要当红军，唔怕山高水又深；
跟着共产党闹革命，海枯石烂不变心。

嘱郎革命要真心

米筛筛米谷在心，嘱郎革命要真心；
莫学米筛千只眼，要学蜡烛一条心。

要为革命献终身

拿起枪杆当红军，亲人嘱咐记在心；
冲锋陷阵不怕死，要为革命献终身。

永远革命莫变心

老妹送郎当红军，送条毛巾寄深情；
毛巾绣上七个字：永远革命莫变心！

紧跟朱毛不变心

好男今去当红军，要学蜡烛一条芯；
拿起刀枪打天下，紧跟朱毛不变心。

前方后方齐动员

一支枪杆一把镰,前方后方齐动员;
革命成功庆胜利,铁打江山万万年。

五、支援红军打胜仗

好比骨头连着筋

鱼爱水来鸟爱林，百姓最爱是红军；
红军百姓本一家，好比骨头连着筋。

欢迎红军住我家

工农红军来白砂，男女老少笑哈哈；
千言万语说不尽，欢迎红军住我家。

为了胜利送公粮

劳动生产余妈[①]强，年年丰收谷满仓；
家里事务做得好，为了胜利送公粮。

妇女耕田送米粮

共产党来好主张，穷人有田谷满仓；
丈夫儿子参军去，妇女耕田送米粮。

红军穷人一家亲

劳苦大众爱红军，工农红军为人民；
两个苦瓜共条藤，红军穷人一家亲。

---

① 余妈：即余木娣，王直将军的母亲。她把三个儿子都送去当红军后，在才溪家中学犁田耙田等重活，并把最好的田作为红军公田，被称为支援红军的模范妈妈。毛主席在才溪乡调查时，听到这首称赞她的山歌和了解到她的事迹后，称她是生产能手、军属模范。

帮助红属①一年年

手拿秧苗来莳田②,帮助红属一年年;
横行直行要对正,退步原来是向前。

只望红军吃饱饭

献谷③唔用升来量,竹箕④盛来麻袋装;
只望红军吃饱饭,早把白鬼消灭光。

支前扩红当尖兵

男女青年很热情,早学武来夜学文;
日里大家搞生产,支前扩红当尖兵。

运粮队伍上山岗

不怕山高把路挡,运粮队伍上山岗;
翻山越岭往前赶,支援红军打胜仗。

千箩万担送公粮

扁担弯弯一行行,千箩万担送公粮;
鸡啼五更唔算早,山路百里唔嫌长。

---

① 红属:红军家属。
② 莳田:客家话,即插秧。
③ 献谷:苏区群众捐献稻谷支援红军。
④ 竹箕:装盛粮食的竹制器具。

兵马未动先备粮

兵马未动先备粮，兵精粮足力量强；
保证红军吃饱饭，早把白狗消灭光。

每人加开五担田①

莫熬烧酒莫花钱，莫拜神明莫求仙；
支援红军反封锁，每人加开五担田。

每人节省一铜钱

每人节省一铜钱，帮助红军万万千；
巩固发展根据地，工农力量大如天。

我做草鞋送红军

松光②点火分外明，前方后方一条心；
红军打仗为革命，我做草鞋送红军。

双双草鞋送红军

双双草鞋送红军，一针一线要认真；
缝得密来抽得紧，飞针走线结红心。

---

① 五担田：指五担谷田。旧时闽西客家的农田面积，以这块田产多少担谷为计算单位。

② 松光：饱含松脂的赤色松树杆，可以燃烧用来照明，又称松明。

三座大山[①]要踏平

双双草鞋送红军,三座大山要踏平;
早日消灭反动派,天下穷人得翻身。

苏区妇女逞英雄

苏区妇女逞英雄,生产支前心里红;
努力扩大再生产,白匪封锁全落空。

迎来东方太阳升

锣鼓响起军号鸣,手捧草鞋送亲人;
草鞋踏碎旧世界,迎来东方太阳升。

针针刺在敌人心

百把钻子千枚针,针针刺在敌人心;
苏区妇女做军鞋,花针也会杀敌人。

万重关山难阻挡

新仇旧恨满胸膛,化作利剑斩豺狼;
千条铁链锁不住,万重关山难阻挡。

吃饱穿暖打胜仗

献衣捐钱为前方,做成军鞋送战场;

[①] 三座大山:指旧社会压在广大人民头上的帝国主义、封建主义和官僚资本主义三座大山。

军鞋踏开胜利路,吃饱穿暖打胜仗。

草鞋越做劲越高

草鞋越做劲越高,不怕困难不辞劳;
支援红军打胜仗,铁打江山万年牢。

一双草鞋四条帮①

一双草鞋四条帮,送给红军上前方;
前方杀敌要勇敢,要把敌人一扫光。

新做布鞋簇簇新

新做布鞋簇簇新,一针一线为红军;
争先慰劳红军去,消灭敌人好开心。

门前花钵种金针②

门前花钵种金针,劳苦工农当红军;
苏区妇女勤劳作,争做草鞋送亲人。

细编斗笠送亲人

深山黄竹根连根,细编斗笠送亲人;
跋山涉水戴头上,顶风冒雨好进军。

---

① 四条帮:草鞋前后的鞋帮。
② 金针:指金针菜花。

我帮红军洗衣衫

件件军衣满竹篮,我帮红军洗衣衫;
红军穿着上前线,为俚工农保江山。

风吹竹叶头接头

风吹竹叶头接头,饮水莫忘水源头;
拥军优属要做好,前方消灭蒋光头①。

白匪封锁全落空

才溪妇女逞英雄,挑土运肥一条龙;
开山造田为支前,红军打仗为工农。

组织劳动合作社,战天斗地力无穷;
努力扩大再生产,白匪封锁全落空。

---

① 蒋光头:苏区群众对蒋介石的蔑称。

第三辑　关于游击战争的山歌

　　1934年10月起，中央红军主力被迫长征后，由张鼎丞、邓子恢、谭震林等组成的闽西南军政委员会，领导红军游击队，紧密依靠人民群众，运用灵活机动的游击战术，在闽西进行了长达三年之久的游击战争。其中最困难的一段时期，为求得生存和发展，游击队还分散隐藏在大山深处的群众之中，以保存有生力量。在那艰苦的日子里，由于无数革命群众冒死送粮、送药、送盐等的大力支持，闽西红军游击队才得以在难以想象的艰苦环境中坚持斗争。最后，终于打破了国民党军10个正规师的反复"清剿"，在战略上配合了红军主力的行动，保存并发展了党组织和红军游击队，开辟了大片的游击根据地，取得了与红军长征相辉映的伟大胜利，在中国革命史上写下了光辉的篇章。毛泽东同志曾赞扬："你们三年苦斗有很大的功绩"，"你们坚持了三年游击战争，保留了这么多干部，保留和发展了部队，保留了20万亩土地，保卫了苏区广大群众的利益，这是伟大的胜利"。这是对闽西三年游击战争最好的评价。

　　在三年解放战争时期，虽然全国很多地方都处于轰轰烈烈的解放战争中，但闽西仍处于国民党统治下。在全国解放战争节节胜利的大好形势下，闽粤赣边区党委领导下的闽西地区武装开展的各种革命斗争异常活跃，但仍处于游击战争状态。直至1949年5—6月间，在闽粤赣边区党委和闽粤赣边纵队的促使下，龙岩专区国民党军政人员举行"闽西起义"，边纵及闽西义勇军先后接管闽西各城市后，闽西游击战争才告结束。

上述两个历史阶段的游击战争，虽然在艰难困苦的程度上稍有差别，但游击队的活动，都是在山歌特别流行的山区。为了宣传群众、鼓舞斗志和调节战斗生活，便产生了一批反映游击战争的艰辛、充满革命乐观主义精神的山歌。如《革命唔怕经风雨》《乌云遮日唔久长》《革命成功盖新楼》《革命到底不变心》《坚持游击出奇兵》《游击口诀歌》等山歌广为流传；革命烈士范乐春唱的《五唱野菜》、游击队短枪班长汪光窗烈士唱的《游击歌》，更是脍炙人口。

一、乌云遮日不久长

红军离村天变阴

红军离村天变阴,白砂闯来遭殃军[①];
穷人惨遭烧杀抢,地主豪绅又欺人。

思念红军一番番

思念红军一番番,一日唔得一日满;
上昼唔得下昼[②]过,下昼唔得日落山。

白匪复辟心好恶

白匪复辟心好恶,石头过刀草过火;
苏区耕牛被抢光,耕田作地用人拖。

团匪到处烧杀抢

反动统治刮民党,指示团匪烧杀抢;
强征苛捐加征税,捞钱抓丁还烧房。

灯盏无油火不光

灯盏无油火不光,山塘无水鱼难养;
红军转移打敌人,几时才能转家乡?

---

① 遭殃军:指国民党的中央军,苏区群众对他们的蔑称。
② 上昼、下昼:客家话,即上午、下午。

保佑红军早回还

阿妹用目眉弯弯,尽心尽意做草鞋;
心肝都在草鞋上,保佑红军早回还。

穷人谁不盼红军

偓唱山歌唱本情,哪有树木不盼春;
哪有禾苗不盼露,穷人谁不盼红军。

朝晨起来望北斗

蚕豆开花红在心,苏区人民想红军;
朝晨起来望北斗,穷人越望心越明。

天黑看着北斗星

日晒想起云遮阴,落雨想起伞遮身;
口渴想起清泉水,天黑看着北斗星。

好久唔见红军面

好久唔见红军面,心中好似滚油煎;
三餐食饭嘴没味,口含冰糖也唔甜。

反动统治唔会长

沙滩起屋架楼房,反动统治唔会长;
红军回来天睁眼,受苦穷人又春光!

盼望红军盼望党

盼过月亮盼星星,盼星盼月盼光明;

盼望红军盼望党,盼党为了保翻身。

乌云遮日唔久长

乌云遮日唔久长,总会云开见太阳;
民心向红唔向白,日夜想念共产党。

黄连树后有甜柑

行路唔怕道路弯,爬山唔怕荆棘拦;
革命唔怕苦和累,黄连树后有甜柑。

兔子尾巴长不长

兔子尾巴长不长,风吹烛火日溶霜;
团匪复辟不长久,黑夜过哩天就光。

星子迎来天大光

日头落山心莫慌,夜里没日有月光;
月光过了有星子,星子迎来天大光。

劳苦工农团结起

团匪走到俚村中,十家抢到九家空;
劳苦工农团结起,才能扫除害人虫。

雄鸡一叫天就光

乌云遮天心莫慌,风吹云散出太阳;
黑夜行路不要怕,雄鸡一叫天就光。

食时嘴苦过后甜

武平出名猪胆肝,食时嘴苦过后甜;
现今游击虽然苦,迟早胜利日子甜。

二、革命唔怕经风雨

坚持战斗会胜利

撑船唔怕滩水急，赶路唔怕路崎岖；
革命唔怕有艰险，坚持战斗会胜利。

鸟铳[①]缴到机关枪

一仗打了又一仗，鸟铳缴到机关枪；
总爱大家齐杀敌，定会胜利美名扬。

要打猛虎敢上山

要打猛虎敢上山，要擒蛟龙敢下潭；
要跟红军闹革命，唔怕火烧滚油煎！

工农人穷志不穷

苍松不怕腊月风，岩石不怕大水冲；
铜盆打破分量在，工农人穷志不穷。

上天也会有天梯

赶路不怕路千里，过河不怕水流急；
只要穷人齐奋起，上天也会有天梯。

---

① 鸟铳：鸟枪，猎枪。

革命不怕鲜血流

砍柴不怕勒树头①,革命不怕鲜血流;
革命志士杀不尽,野草烧了春又稠。

贪生怕死唔算革命人

敢唱山歌唔怕人,敢毁宫庙唔怕神;
敢抗官府唔怕头落地,贪生怕死唔算革命人!

刺刀架颈也唔惊

不怕死来不贪生,不怕血水流脚跟;
为了翻身求解放,刺刀架颈也唔惊。

革命成功盖新楼

不怕豺狼不怕狗,不怕白鬼来烧楼;
旧楼烧掉不要紧,革命成功盖新楼。

工农总会重自由

哥莫愁来妹莫愁,同心协力向前走;
总要大家尽力做,工农总会重自由。

革命到底不变心

韭菜开花一杆心,工农革命要齐心;
不怕烧来不怕杀,革命到底不变心。

---

① 勒树头:客家话,即长刺的树木。

伤好送他回深山

床铺底下挖个坑，住着红军在养伤；
天天换药送饭菜，伤好送他回深山。

只要畲家有粒米

砍竹编箩做扁担，肩挑饭菜送上山；
只要畲家有粒米，不让红军饿半餐。

冒着杀头送米来

假装上山来砍柴，一路山歌唱开怀；
支援红军游击队，冒着杀头送米来。

支援红军打敌人

沉沉黑夜闪闪星，挑了粮食就起身；
神不知来鬼不觉，支援红军打敌人。

袋袋米盐送上山

羊角花开三月三，袋袋米盐送上山；
革命群众心里火，烧毁万道封锁关。

生也红来死也红

——永定接头户卢春兰烈士就义山歌

生也红来死也红，生死跟着毛泽东；
杀头可比风吹帽，不怕枪刀对膛胸。

一心革命为穷人
——革命烈士张锦辉[①]就义山歌

唔怕死来唔怕生,天大事情妹敢当;
一心革命为穷人,阿妹敢去上刀山。

打起红旗呼呼响,工农红军有力量;
共产万年走天下,反动总是不久长。

劳苦工农并士兵,希望大家要齐心;
打倒军阀国民党,何愁天下不太平!

唱到红军满天下

不怕团匪不怕抓,不怕封嘴打掉牙;
打掉牙齿还要唱,唱到红军满天下。

革命好汉杀不完

群山烈火烧不完,溪水用刀砍不断;
天上星星数不尽,革命好汉杀不完。

---

① 张锦辉:福建永定县金砂乡村姑,共青团员。自幼贫苦却爱唱山歌,一副好歌喉唱出的歌词入情入理,广受欢迎。当地苏维埃政府让她唱革命山歌进行革命宣传,收到了意想不到的效果,引起敌人恼怒。1930年4月14日,张锦辉随乡苏维埃政府主席到永定县西洋坪小山村宣传土地革命政策时,被反动民团突然包围,落入敌手。敌人对她严刑毒打,要她说出一些革命干群情况。她不仅一字不露,且编唱山歌大骂敌人。敌人恼羞成怒,利用峰市墟天,在天后宫将她枪杀。她口唱山歌就义,这是她在15岁花季人生唱出的最后几首客家山歌。

我是革命红一家

日头一出放光华，我是革命红一家；
生要跟着红旗走，死要死在红旗下！

保住苏区红旗飘

保住青山有柴烧，保住江河有鱼捞；
保住革命保翻身，保住苏区红旗飘。

三、坚持游击出奇兵

山洞树林是我家

山洞树林是我家,大刀鸟铳身上挂;
为了革命打游击,迟早红日放光华。

革命唔怕经风雨

革命唔怕经风雨,山作床铺树做被;
干粮唔足草根凑,坚持游击唔怕饥。

身居山寮① 斗志高

游击队员多逍遥,身居山寮斗志高;
日里山寮做美梦,夜里下山打敌堡。

工农团结力量强

工农团结力量强,唔怕团匪再猖狂;
枪炮对准打过去,何愁团匪不灭亡。

游击不怕饿肚肠

游击不怕饿肚肠,野菇嫩笋任我尝;
想食肉有"杀猪菜","牛蹄"下锅味道香②。

---

① 山寮:建在深山的简易房屋,用作造纸、烧炭、伐木等工人的临时住所。

② "杀猪菜""牛蹄":均为闽西山中的野菜。

树皮草根当米煮

敢来革命唔怕苦，唔怕风雪唔怕雨；
石头做枕地做床，树皮草根当米煮。

深山野林作营房

深山野林作营房，野菜竹笋作食粮；
日头当火风当扇，夜里点灯有月光。

斧头唔怕纽丝柴①

斧头唔怕纽丝柴，穷人唔怕反动派；
只要军民团结紧，白军团匪定失败。

吓得团丁无处藏

五月初五过端阳，游击队下山打"团防"；
落花流水杀一阵，吓得团丁无处藏。

红旗飘扬双髻山②

过了一山又一山，游击战士笑开颜；
穿过敌人封锁线，红旗飘扬双髻山。

白军进山来"围剿"

白军进山来围剿，未曾见人先开炮；

---

① 纽丝柴：一种纹理杂乱、坚硬结实的木头。
② 双髻山：上杭境内一座大山，闽西游击队主要根据地之一。1936年1月，曾在这里召开闽西南军政委员会第二次会议。谭震林、蓝荣玉曾在这里领导游击斗争。

他在西山寻脚迹，我在东山打牙哨①。

游击战士装艄公

小姑滩②涌水冲冲，游击战士装③艄公；
旁边有厓司令部，打了官货④尽归公。

"游击大王"⑤出奇兵

白军贼古王汝桥⑥，欺压百姓无时安；
"游击大王"出奇兵，就把敌巢一锅端。

---

① 打牙哨：欢快、潇洒地吹口哨。

② 小姑滩：汀江流经上杭县下都镇的一段急滩。

③ 装：化装、装扮、假装。

④ 打了官货：汀江是闽西主要航运通道。三年游击战争时期，游击队会在汀江险滩处伏击为国民党政府运送公物的船只，以解决游击队的给养困难。

⑤ 游击大王：指刘永生同志。上杭稔田人，时任王涛支队支队长，闽西打游击的传奇人物，有"中国夏伯阳"之称。新中国成立后，刘永生被授少将军衔，曾任福建省军区副司令、福建省副省长。

⑥ 王汝桥：国民党福建省保安团一个机枪连连长。1945年4月奉命清剿王涛支队，进驻丰稔市天后宫，被刘永生率部化装奇袭丰稔市，一举歼灭。

王涛支队①显神威

三月初二大桥头②，白军碰上硬骨头③；
王涛支队显神威，消灭敌军王汝桥。

豪坑豪气贯长虹④

游击战士好威风，以少胜多立奇功；
唐队长⑤指挥真是妙，背水一战显神通。

顽敌四次打冲锋，一次更比一次凶；
贼头发生⑥带头闯，两发子弹狗命终。

还用山歌来接头⑦

莫看山歌四句头，句句能解天下愁；

---

① 王涛支队：中共闽粤边委员会领导下的人民武装。1944年10月25日在上杭县楮树坪由"闽西南武装经济工作队"改编而成。为纪念1941年牺牲的中共南委委员、闽西特委书记王涛，故名。支队长刘永生，代政委陈仲平。初期仅三个班四十余人，1945年6月后整编为四个大队，达三百余人，曾在闽粤边区进行大小战斗数十次。1946年10月后王涛支队撤销，人员分散到地方做群众工作。

② 大桥头：指敌军王汝桥部驻地上杭县稔田天后宫前面的大桥。

③ 白军碰上硬骨头：指1945年农历三月初二王涛支队奇袭丰稔市战斗。

④ 豪坑豪气贯长虹：豪坑，上杭县下都镇一个村。此句指新中国成立前夕发生在豪坑的一次反"围剿"中背水作战取得胜利的战斗。

⑤ 唐队长：指唐棠，是时任闽粤赣边纵队第七支队队长蓝汉华参加革命时的化名。这次战斗，是他自粤返闽后的第一次战斗。

⑥ 发生：参加"围剿"的省保安四团中队长郭发生，在对我游击队冲锋时被击毙。

⑦ 接头：打游击或地下工作者的暗中互相联络、对接。

如今游击闹革命，就用山歌来接头。

红旗飘飘放光华
天唔怕来地唔怕，革命唔怕洒血花；
坚持斗争心向党，红旗飘飘放光华！

世间最恶日本兵
天下最毒蛇蝎心，世间最恶日本兵；
来到中华烧杀抢，吞我河山害人民。

万里北上去抗日
红顶笠麻白面巾，送给哥哥当红军；
同心合力去抗日，保家卫国救人民。

第四辑　革命儿童山歌

在土地革命战争时期，闽西红军和各级党组织及苏维埃政府都十分重视少年儿童工作。除办好各级列宁小学，成立各级少年先锋队、共产儿童团等少年儿童组织，以加强对少年儿童的教育外，还组织少年儿童积极参加各种力所能及的革命斗争活动，如站岗放哨查路条、化装侦察敌情、传送情报、组织文艺慰问演出、协助动员参军参战、贴标语做宣传、潜入白区散传单瓦解敌军等等。

在这些少年儿童工作中，也就产生了一批少年儿童革命山歌，如《儿童团员小英雄》《你们打仗我耕田》《拿起梭镖真威风》等。1933年5月，福建省苏维埃政府编印出版了一本《儿童唱歌集》专辑，在苏区少年儿童中广为传唱。这些山歌简单易学，内容深入浅出、生动活泼，很得苏区少年儿童喜爱。有的随着革命的传播，也流传到了外省，有的甚至一直流传到了新中国成立后，成为宝贵的革命传统教育教材。

一、儿童团员小英雄

儿童团员去站岗

日头一出照四方,儿童团员去站岗;
白天守路防奸细,夜晡放哨保家乡。

儿童团员小英雄

儿童团员小英雄,帮捉土豪打先锋;
握紧手中红缨枪,"一二一二"真威风。

拿起梭镖真威风

拿起梭镖真威风,冲锋陷阵立大功;
杀得敌人干干净,打出江山一片红。

莫怕热来莫怕寒

儿童团来儿童团,莫怕热来莫怕寒;
早早起来捡狗屎[①],增产增收来支前。

鼓励阿哥和阿爸

儿童团员真唔差,鼓励阿哥和阿爸;
加入红军模范团,活捉敌人蒋介石。

---

① 捡狗屎:旧时农村人常到野外捡拾猪粪狗粪,用以给农田施肥。

军阀狗胆都吓破

红军哥来红军哥,胜仗打得确实多;
这回又捉李贼古①,军阀狗胆都吓破。

青年阿哥二十零

青年阿哥二十零,加入红军争报名;
勇敢冲锋打胜仗,一仗打到南京城。

---

① 李贼古:这里指伪保安团师长李向荣。

二、你们打仗我耕田

你们打仗我耕田

前方红军阿哥们，你们打仗我耕田；
大家儿童捡猪粪，胜利消息传我们。

大大细细① 要努力

春耕时节已到哩，季节来哩不等人；
今年春耕要提早，红军公田② 要先耕。

村村建立肥料所，多拾狗粪多积肥；
大大细细要努力，稻谷收获多两成。

大大细细都落田

日头出来在东边，大大细细都落田；
细个老弟会拔草，大的阿哥会耙田。

胜利一定归我们

惊蛰过哩是春分，努力春耕意义深；
增产丰收钱粮足，胜利一定归我们。

---

① 大大细细：客家话，指青年人和小孩子们。
② 红军公田：第二次国内革命战争时期，有些苏区在分配土地时，抽了一部分土地作为公田，由集体耕作，其收入用于支前和优待红军家属。

推销公债五十元

笑连连来闹连连，推销公债五十元；
才溪儿童训练所①，一马当先走在前。

我背弟弟上学堂

阿爸阿妈莳田忙，我背弟弟上学堂；
老师教我唱歌曲，他也咿呀放开腔。

---

① 才溪儿童训练所：即才溪列宁小学。1932年十月革命纪念日，上杭儿童团举行了全县大检阅。才溪列宁小学总成绩名列第二。会上，才溪代表们带头把节约下来的钱买了50元公债，县文艺科长当场唱了这首民歌表扬他们。

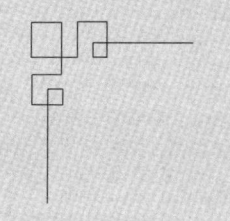

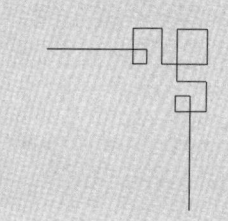

中卷
革命歌谣歌词选

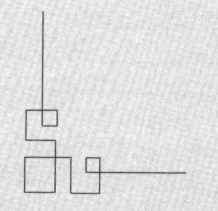

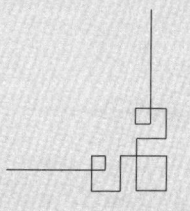

本卷是流传于原中央苏区闽西地区的革命歌谣的总汇，本书上卷是革命山歌歌词选，本卷是革命歌谣歌词选，把山歌和歌谣分别辑录，是因为它们分属于不同的艺术品种。

山歌和歌谣的区别在于：山歌，顾名思义，是劳动人民在田野山冈劳作时即兴演唱的歌曲；歌谣，在本书中包括竹板歌和民间小调歌谣。从传统的角度看，山歌、竹板歌和民间歌谣，是不尽相同的。

它们所属的艺术门类不同：山歌属民间歌曲类，竹板歌属曲艺说唱类，民间小调歌谣属器乐歌曲类。

它们的演唱者不同：山歌的演唱者是以农民为主体的劳动人民；竹板歌的演唱者原是乞丐，所以又称"乞食歌"；民间小调歌谣的演唱（奏）者是当地的商人、教师、艺人等小知识分子。

它们的演唱目的不同：唱山歌是为了抒发心中的情感；唱竹板歌是为了乞讨得一点恩施或报酬；演唱（奏）民间小调歌谣则是为了自娱和娱人，专业、半专业乐队的演出也为了取得报酬。

它们的演唱地点不同：山歌是在田野山岗唱的，一般不能在村里唱，兴头来了在村里也只能念歌词或轻声哼哼；竹板歌是乞丐在村里家家户户门口，沿门托砵乞讨时唱的，他们不会到田野山冈唱，那里是乞讨不到东西的；民间小调歌谣也只能在村里的一些厅堂、学校、小店等公共场所演唱（奏）。

它们的演唱方式不同：唱山歌只以嘴唱，没有伴奏；竹板歌一定要击打四至五块竹板伴奏，少数二人同时乞讨的还有一把二胡伴奏；演唱（奏）民间小调歌谣一定要有乐器伴奏，且大部分就是十番乐曲。

它们的词曲搭配形式不同：山歌定曲不定词，一个地方的山歌曲调相对固定，词却随意性很大，歌手想到什么唱什么，全是发自内心；竹板歌有的也定曲不定词，但歌词多是祝福、奉承的吉利话，而叙事长歌却是定曲定词的；民间小调歌谣全都是定曲定词，都是就词谱曲或就曲填词，歌词歌曲搭配是固定的。

它们歌词的句式、字数、结构不同：山歌的歌词是一首四句、每句七字，纵有少数句子出现八字、十字，却还是七字节奏；竹板歌歌词虽然也是每句七字，但却一首五句，所以有的地方又称竹板歌为"五句板"，个别歌词四句的，演唱时也得把最后一句重复唱，或者"头接尾"凑成五句；而民间小调歌谣的歌词是长短句不定的。

它们的表述方式不同：唱山歌一般不会夹有说白；而演唱竹板歌和民间小调歌谣，有时会出现说白。唱山歌一般只是抒发感情，没有情节叙述；民间小调歌谣却带有说理教化叙述成分；长篇竹板歌更是有人物、有情节、有故事，如《梁四珍与赵玉麟》《孟姜女十二月念夫》《新十里亭》之类，可由乞丐唱上一天一夜，听者听得废寝忘食，然后每人打米或凑钱给乞丐，以作报酬。

上述山歌、歌谣（含竹板歌）都是闽西传统民间艺术的重要积淀，是闽西民间艺术的代表性项目，闽西山歌更是已列入福建省第一批省级非物质文化遗产名录项目名单。它们之间的区别，仅是从原有传统而言。如今，随着时代的发展，情况已出现很大变化，如竹板歌已远非只乞丐在唱，而是已为广大群众所喜爱，并走上了艺术舞台，甚至走出了国门。而这里所述，仅是以回归传统来对这些文艺品种加以正确界定，以利今后更好地对它们进行科学、准确的继承与弘扬。

　　本卷革命歌谣的分类及各类内容的阐述，一如革命山歌歌词的分类及各类内容的阐述，故这里就不再重复。

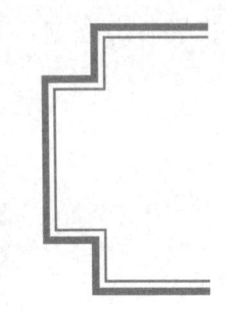

第一辑　苦情歌谣

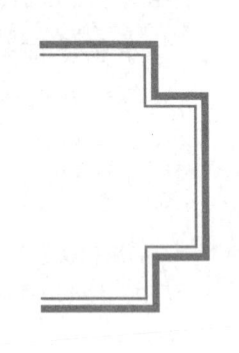

一、头一痛苦是工农

救穷歌

（革命烈士阮山①遗作）

俚今唱歌唔要钱，总要大家肯来听；
只要大家听落肚，十人传百百传千。

---

① 阮山（1888—1934）：闽西地区早期革命活动家。曾用名阮德宽、阮守南，福建永定县湖雷镇上南村人。1925年底加入中国共产党，后任中共厦门特支书记。1926年夏，他返乡创建闽西第一个党支部并任书记、永定县委委员。1928年6月参与领导永定农民暴动，任副总指挥，组建当地第一支游击队。1929年红四军入闽后，先后任永定县苏维埃政府主席、闽西苏维埃政府执委。1930年筹建苏区第一个银行：闽西工农银行并任行长。1932年调任中华苏维埃共和国中央政府教育人民委员部秘书长、社会教育局局长。参加了中央苏区历次反"围剿"斗争。他创作了大量革命歌谣，对教育和鼓动人民群众参加革命斗争起了很大作用。1934年10月中央红军主力长征后，他奉命留下坚持斗争。同年冬，在长汀谢坊被叛徒杀害，时年46岁。

头一痛苦是工农，着个衣衫补千重；
餐餐食的净粥水，住个屋子似茅棚。

石榴花开满树红，青天白日①太不公；
有钱之人尽享福，无钱之人永世穷。

住在深山怕豺狼，住在乡村怕土豪；
专靠拿钱放恶账，本钱较少利更多。

土豪放债剥削佢②，还有劣绅欺负佢；
无钱有理无话讲，有钱无理变有理。

讲到相好就开心，讲到劣绅心就煎；
遇着官府派捐款，派到七百开一千。

木匠师傅篾缚床，做衫师傅补衣裳；
泥水师傅无屋住，种田老哥空来榥。

冤枉娘来冤枉爷，实在冤枉无钱侪；
辛苦做来别人得，好了别人饿自家。

千差万差自家差，唔知团结无钱侪；
与其做个冤枉鬼，团结起来就无差。

---
① 青天白日：指国民党反动统治。国民党党旗是青天白日旗。
② 佢：客家话，即他。

讲到共产唔要惊,共产社会无相争;
工人就有好工作,农民个个有田耕。

俚今唔讲你唔知,共产社会自由妻;
总爱两人情甘愿,唔要金钱结夫妻。

赤色区域无愚笨,个个男女都读书;
男人就有好妻子,女人就有好丈夫。

紧唱歌来紧牵连,赤色区域似神仙;
免除苛捐与杂税,工农自己掌政权。

一根竹子拗就断,十根竹子拗难弯;
老虎行过平洋地,不愁力小愁孤单。

共产社会一定成,这句话语无骗人;
土豪劣绅杀干净,军阀官僚容易平。

一理通来百理通,十人之中九人穷;
九个穷人能团结,何愁革命不成功。

俚今唱歌唔会懒,听来听去心喜欢;
喜欢听来喜欢唱,先吃苦来后吃甜。

工农痛苦实在深 ①

工农痛苦实在深,

资本家剥削,豪绅皆欺凌。

国民党、改组派,面目更凶狞,

压迫复屠杀,残忍虎狼心。

走狗取消派,阻止我斗争。

可怜工农,求生不得,求死也不能。

工农与士兵,武装结同盟。

地主们、资本家,杀尽不留情。

打倒国民党,驱逐美日英。

建立苏维埃,红旗照日明。

工人幸福,农民有田,士兵也欢欣。

穷人叹

一

刻薄,天更刻薄,生下来就无着落。

耕田无田耕,做工无工做。

无衫着,打赤膊。

无鞋着,打赤脚。

无裤带,用秆索 ②。

无屋住,住人门楼角。

无床睡,睡屠桌 ③。

寒来风肆虐,热来蚊作恶。

---

① 原名《新苏武留胡》。
② 秆索:秆,稻草。秆索,稻草绳。
③ 屠桌:用厚木板制桌面,在市场上用以卖猪肉、牛肉的桌子。

病时无药医，死时无棺椁。
天哟天，如何生下来无着落！

二

不平，天更不平，独厚富人薄穷人。
君不见富人居则高楼大厦，出则汽车辚辚。
食必珍馐百味，衣则花样翻新。
闺房妻美妾娇，使婢唤奴成群。
丝竹声不断，庭院花长春。
兴来时更眠花宿柳，或麻战怡情，
世间幸福集其身。
天哟天，为何独厚富人薄穷人！

三

想起穷人泪纷纷，受尽万苦与千辛，
自己饥寒还过得，妻啼子哭更酸心！
休忧人，休怨天，只要自己志气坚。
团结起来夺政权，把大同世界来实现。
各尽所能，各取所需，无阶级，无强权。
走上前去呵，曙光就在前！

五更鼓

一更鼓儿咚，烈烈西北风，
可怜贫苦人，无衣度三冬，
一炉糠火日夜烘。

二更鼓儿铛，提起实心伤，
辛苦赚的钱，豪绅剥削光，

无被无褥睡光床。

三更鼓儿敲，饥寒实难熬，
终年勤耕种，何曾得一饱？
割的谷子归土豪。

四更鼓儿惊，痛苦日增深，
无饭供妻子，无衣把双亲，
啼饥号寒不忍听。

五更鼓儿催，生怕起身迟，
丈夫打柴去，妻子理织机，
辛苦还觉日日饥。

唱完五更鼓，莫说无出路，
武装大暴动，推翻匪政府，
铲除豪绅并地主。

世间苦，有十苦

世间苦，有十苦：
头一苦，锅头无米煮；
第二苦，挑担行长路；
第三苦，脚下无寸土；
第四苦，长工小媳妇；

第五苦，妇娘驮大肚①；
第六苦，蒸酒做豆腐；
第七苦，掌锤铁师傅；
第八苦，砍柴烧炭户；
第九苦，捉蛙山坑住；
第十苦，无钱讨媳妇。
苦苦苦，如今世道谁不苦？
只有豪绅与大户。

十二月急

正月急，是新年，三亲六戚来拜年；
旧年不曾蒸有酒，无壶淡酒在桌前，
口说莲花也枉然。

二月急，是花朝②，今朝急来急明朝；
今朝急来无米煮，明朝急来无柴烧，
身上无钱只心焦。

三月急，是清明，上家下屋祭祖坟；
有钱人家三牲祭，无钱猪肉无半斤，
愧对祖先好痛心。

四月急，是立夏，清早起来急到夜；

---

① 驮大肚：怀胎。

② 花朝：闽西部分客家地区的民俗节日。农历正月三十至二月初二为花朝节，有迎神、民俗文艺表演等活动。

急到猫嬷变猫牯①，急到生龙变死蛇，
都因无钱无办法。

五月急，是端阳，上家下屋食雄黄；
有钱雄黄调酒食，无钱雄黄调滚汤，
食在肚中心冰凉。

六月急，正食新②，有钱无钱两样人；
有钱人家有人敬，无钱人家人看轻，
亲朋子叔淡人情。

七月急，七月半，普度打醮迎公太③；
有钱祖宗猪羊祭，无钱香烛插路坎，
阴间阳间一般般。

八月急，是中秋，烧香点烛敬月姑④；
有钱家家食月饼，无钱全家只有愁，
公婆子女泪横流。

九月急，是重阳，登高欢聚祀九皇⑤；

---

① 猫嬷、猫牯：客家话，即母猫、公猫。
② 食新：俗称食新饭。客家地区每年夏收开镰后的卯日，食用最早收成的新米，加酒肉，祭祀五谷大仙和祖祠。
③ 公太：客家民俗信仰。一般认为是祭祀闽王王审知。
④ 月姑：客家民俗信仰中的月亮女神。
⑤ 九皇：即九皇大帝，是中国民间信奉的神仙。

有钱人献菊花酒，无钱只烧纸三张，
再就只有泪两行。

十月急，是立冬，刚好急了三百工；
一年三百六十日，急到腰驼背又弓，
一年一年落威风。

十一月急，雪飞飞，寒风雨雪又来哩；
日里急来无衫着，夜里急来无棉被，
无衫无被盖蓑衣。

十二月急，又一年，一年辛苦赚无钱；
兄弟姊嫂不和气，亲朋好友见也嫌，
无钱无物怎过年？

工人苦

上工厂，作苦工，生活情形牛马同。
厂主的荷包满，工人永远穷。
在工厂，苦谁知，精疲力尽硬撑持。
可怜我工人，
穷苦直到死，穷苦直到死。

出工厂，个个工人都是低头想，
每晚安闲明又忙，明又忙，明又忙！
工人要解放，除了团结别无方。
工人一齐团结起，革命成功乐洋洋！

农民苦[1]

（傅柏翠作）

朝晨起来做到暗，衣食都不足饱暖；
苦生活何日得了？哎哟！哎哟！
苦生活何日得了？

六月割禾真辛苦，点点汗滴禾下土；
田主快活收田租，哎哟！哎哟！
田主快活收田租。

田主收租真太过，连我谷种也抢去了；
到了明年怎么办？哎哟！哎哟！
到了明年怎么办？

无钱籴[2]米养家小，儿女不知偏要叫；
爹娘呀我肚饥了，哎哟！哎哟！
爹娘呀我肚饥了。

土地革命真正好，抗租抗税不还债；
反动派杀个干净，哎哟！哎哟！

---

[1] 此首歌词系傅柏翠作。1928年5月间，傅柏翠在上杭县蛟洋乡创办平民学校和农民夜校，作为宣传革命思想、揭露封建剥削制度的罪恶、唤起民众觉醒的阵地。他填写《农民苦》这首歌词以"四川调"配曲，作为学校教唱的歌曲之一。

[2] 籴：购买。

反动派杀个干净。

工农兵联合起来，大家团结共奋斗；
争的是平等自由，哎哟！哎哟！
争的是平等自由。

国民党是反革命，帮助土豪和劣绅；
都压迫工农士兵，哎哟！哎哟！
都压迫工农士兵。

不停犁耙不停锄，贪官污吏不停铲；
今天借款明天捐款，哎哟！哎哟！
今天借款明天捐款。

孙文说话要革命，帮助工人和农民；
工农兵大家起来，哎哟！哎哟！
工农兵大家起来。

十二月农民苦

（革命烈士阮山遗作）

正月里来是新春，发财穷苦太唔均，
有钱之人食酒肉，无钱之人食菜根。

二月里来好种桑，惊蛰一到好落秧，
养蚕着个烂褂子，耕田之人空米榶。

三月里来更唔闲,犁耙辘轴①又落田,
苛捐杂税交不尽,只有一年苦一年。

四月里来过饥荒,肚饥难过日子长,
有钱之人食不尽,无钱之人饿断肠。

五月里来是端阳,一日三餐食粥汤,
债主又要来讨债,穷人家里正凄凉。

六月里来是夏天,农民收割在田边,
田主收租享大福,不管农民断火烟。

七月里来秋风凉,收割好了谷满仓,
交租量了半仓过,为谁辛苦为谁忙?

八月里来是中秋,军阀年年战不休,
派捐拉伕还不够,油盐柴米又要抽。

九月里来是重阳,手拿镰子上山岗,
砍柴割笮②真辛苦,秋风吹来面皮黄。

十月里来小阳春,天天辛苦到黄昏,
充饥只是番薯饭,御寒唯有烂衫巾。

---

① 犁耙辘轴:均为耕田农具。
② 笮:一种客家农村用来烧火煮饭菜的蕨类植物。

十一月里又一冬，一阵寒雨一阵风，
田主围炉食酒肉，农民辛苦在田中。

十二月里雪加霜，农民饥饿冷难当，
路上几多冻死骨，发财人家酒肉香。

白区农民的生活歌
（三句半）

田地本公有，地主霸呀就①；
农民同佢做，惨过牛。

六月最辛苦，汗滴禾下土；
做到给哪侪？田主。

田主包斗到②，租谷唔敢少；
量得租谷来，无了。

租谷交唔够，谷种拿来凑；
瓮里取出来，过斗。

好了有钱侪，冤了穷人家；

---

① 霸呀就：客家话，意为全部霸去。
② 包斗到：地主收租时，带着比正常的斗更大的斗来量租谷。

三分锅盖利①,祭牙②。

旧账拆唔清,牵牛又捉人;
头利唔交足,无情。

无钱难拆债,老婆迫到卖;
卖到多少钱?咁舍③。

餐餐都食粥,唔曾享滴福④;
扛锄荷犁耙,劳碌。

日日辛苦抓⑤,抓到给人家;
始终替人做,无划⑥。

老婆怨无食,子女叫无着;
若唔想法子,无搏。

法子样般想⑦?团结有力量,
坚决来斗争,胜仗。

---

① 锅盖利:高利贷。
② 祭牙:宴饮。
③ 咁舍:那么舍得?
④ 唔曾享滴福:没有享一点点福。
⑤ 辛苦抓:辛苦劳作。
⑥ 无划:划不来、不合算。
⑦ 法子样般想:办法要怎么想。

四苦情

一苦情，亏哩厓，无身衫裤做招牌；
头上戴顶开花帽，脚下着双烂草鞋。

二苦情，苦寒酸，一日唔做就断餐；
三个石头砌个灶，亲戚来哩坐唔安。

三苦情，样样无，无点地基无头禾；
碗头缺角锅有缝，老鼠入屋哭淘淘。

四苦情，无人知，三餐无食肚里饥；
洗净锅头无米煮，空望四壁泪湿衣。

长工苦

正月里来是新年，东家[①]逼厓写长年[②]；
厓出东家十二吊，东家只出八吊钱[③]。

二月里来雨涟涟，东家吩咐去巡田[④]；
南边巡到北边转，肚饥跌倒烂泥田。

---

① 东家：客家话，雇请长工的主人。
② 写长年：订立雇请的合约。
③ 指订年约时，长工提出做一年工要十二吊钱工资，地主只答应一年给八吊钱。吊：古代计钱单位。用绳子穿过铜钱孔，把一定数量的铜钱串成一吊，称为一吊钱。
④ 巡田：巡查田水。

三月里来是清明，俚喊东家另雇人；
东家事情实难做，日里无歇夜无眠。

四月里来要做社①，东家猪肉叉打叉②；
精肉肥肉俚无分，骨头骨杂供猪妈。

五月里来是端阳，白叶裹粽喷喷香；
咁多粽子厅堂挂，长工一个也无尝。

六月里来热难当，日里下田夜碓糠；
三箩砻糠碓完了，脚踏床前天就光。

七月里来是立秋，东家喊俚割闲丘③；
一人要割三担谷，累得长工命都休。

八月里来也无闲，东家喊俚垫牛栏；
三间牛栏垫光转④，东家还讲俚偷懒。

九月里来砻带头⑤，日日累得眉愁愁；

---

① 做社：客家地区民俗节日，要演社戏、饮社酒。
② 叉打叉：一挂又一挂的意思，言其多。
③ 闲丘：即冬闲田，这里指单季稻。
④ 垫光转：以稻草垫牛栏，全垫完。
⑤ 砻带头：意思是成天为东家砻谷碓米。

117

三餐米饭俚无食,番薯根子结对头①。

十月里来又一冬,牵只牛仔去转冬②;
转冬还要包收秆,一人要做二人工。

十一月里雪皑皑,头上无帽脚无鞋;
早晨无个火笼烤,夜里无被亏哩俚。

十二月里又一年,做哩长工一整年;
拿起算盘算一算,倒欠东家八吊钱。

八吊钱来八吊钱,先向东家借肉四两过个年;
拿得二两来挂纸③,还剩二两剁肉丸。

一头笼子一头被,叔婆伯姆俚归哩;
别人看到以为出门客,老婆看到心肝疾死哩④。

看牛歌

正月看牛雨霏霏,拿起竹鞭背蓑衣;
背得蓑衣牛会走,牵得牛来无伴归。

---

① 番薯根子结对头:餐餐吃番薯根度日。
② 转冬:即冬天翻土。
③ 挂纸:客家扫墓时,以鸡血洒在草纸上,并把草纸挂在墓碑顶上。故俗称扫墓为挂纸。
④ 心肝疾死哩:心疼死了。

二月看牛雨涟涟，牛仔跑到别人田；
别人看见拳头打，东家看见扣工钱。

三月看牛三月三，看牛还要包割青①。
割得青来牛会走，牵得牛来割无青。

四月看牛日子长，看牛孩子包割茅；
东家嫌偓茅草老，手指割破哭断肠。

五月看牛五月节，爷娘叫偓去过节；
东家喊偓不要去，想起爷娘目汁跌②。

六月看牛割早禾，割了一箩又一箩；
手拿饭勺挠饭吃，东家喊不要装咁多。

七月看牛七月七，想起看牛流目汁；
东家喊偓小心看，"三吊铜钱多算你"。

八月看牛八月社，东家喊偓扫地下；
上厅扫到下厅转，扫了一个滴滴车③。

九月看牛是重阳，光毛④东家杀猪羊；

---

① 割青：割带回家喂牛的草料。
② 目汁跌：目汁，眼泪。目汁跌，眼泪流。
③ 滴滴车：团团转。
④ 光毛：一无所有，咒人的话。

东家酒肉堆满桌,看牛孩子饿断肠。

十月看牛是立冬,番薯芋子堆田中;
东家喊偓多挑点,挑得辫子摇摇动。

十一月看牛雪皑皑,身无棉袄脚无鞋;
东家长衫配短袄,亏偓日日着双烂草鞋。

十二月看牛又一年,拿起算盘算工钱;
东家话偓倒欠他,明年还要看一年!

挑担苦

(革命烈士阮山遗作)

挑担苦,挑担苦,一日唔挑无米煮;
自家无食还过得,子女爷娘要饿肚。
天还无光就起床,日头落山还不顾。
夜里暗摸唔怕苦,唔怕鬼凶唔怕虎。
碰到落雨湿一身,换无衫来换无裤。
六月天来热难当,汗出满身好像落大雨。
想买茶吃省起来,因要驳肩头①还少一块布。
到了寒天脚坚开②,日子又短要赶路。
想到无钱无奈何,只好咬紧牙门行了一步又一步。
我们这样勤劳这样省,又唔曾嫖唔曾赌,

---

① 驳肩头:指补衣服上的左右肩。
② 脚坚开:脚掌因受冻而裂开。

为什么一年三百六十日，日日愁食愁着又愁无屋住。
过年过节无落心，无钱来用只暗怒①；
有时还要受行家的欺骗，我们劳苦佢大富。
哦哦，朋友，不是命也不是风水亏人有定数。
只是我们唔识要和穷人团结坚固，
反对压迫剥削我们的军阀豪绅地主。
说什么工字无出头，甘做牛马来自娱。
我们挑担的工友们呀，
中国共产党，早已明明白白指示我们的出路。
快快起来，把我们成千成万的工友，
和乡乡保保②的农友一齐用武，
打倒军阀和大地主，杀尽豪绅莫宽恕。
建立苏维埃政府，才免受他们的欺负！

撑船工人真可怜

撑船工人真可怜，句句讲来无骗人；
二四八月还过得，大寒大热更艰辛。

撑船工人真可怜，一滩唔得一滩前；
装得重来拖唔起，装得轻来赚无钱。

撑船工人真可怜，任风吹打任雨淋；

---

① 无落心：无法落实。
② 乡乡保保：是国民党统治时期的户籍管理制度。它最本质特征是以"户"为社会组织的基本单位，设户长；十户左右为一甲，设甲长；十甲左右为一保，设保长；保上面即乡。

碰到春天河水涨，日穿湿衣夜无眠。

撑船工人真可怜，凝霜凝雪大寒天；
落雨拖船如刀割，手冷脚冻喊皇天。

撑船工人真可怜，年年都怕到热天；
汗珠如雨滴滴下，沙虫咬脚血涟涟。

撑船工人真可怜，水细下滩用索牵；
大水过后船路塞，边数石头边拖船。

撑船工人真可怜，拖货上滩索在肩；
头向地下算石子，背脊弯弯像弓弦。

撑船工人真可怜，日日住在河唇边[①]；
大雨落来无屋抵，狂风吹来又无门。

撑船工人真可怜，惨遭压迫好多层；
军阀官僚反动派，封锁船只无给钱。

撑船工人真可怜，一到峰市就要捐；
湖雷龙岗[②]团匪恶，拦路抢劫伙食钱。

---

① 河唇边：河岸边上。
② 峰市、湖雷、龙岗：均为永定沿河地名。

撑船工人真可怜，还有苦处讲唔完；
总要船夫团结起，起来革命要争先。

苦命男人
（革命烈士阮山遗作）

苦命男子无奈何，无钱之人无老婆；
有钱之人三二个，无钱之人一个无。

莫怪爷娘太狠心，二十五六打单身；
将佢可比树杆样，想起无钱怒伤心。

耕田之人多无妻，工人唔讲无人知；
你看过时旧礼教，束缚男女无药医。

莫怪工农无对亲，看到无妻不安心；
男子单身有妻好，有妻对对才乐心。

大家女子要分明，将心比己比他人；
男有妻子女有夫，唔会夜夜受孤眠。

二、细媳妹子真作恶

细媳妹子真作恶

细媳妹子[①]真作恶[②]，三餐食饭无上桌。
八九岁子就上山，刈筝[③]要刈大大担。
一日刈得少一点，家娘劣舌[④]话难堪。
千日早归千日好，一日迟归鬼也般。
冷言冷语尽命骂，喊你转去聊下添[⑤]。
骂得多哩会发烧[⑥]，应佢一句砰砰骠[⑦]。
立即一个刮勺古[⑧]，脑顶心里五个瘘[⑨]。

拿条凳子垫脚底

苦瓜哩，苦怜怜，九岁妹子嫁给人。
水桶较大偃较细，灶头较高偃较矮，
拿条凳子垫脚底。

---

① 细媳妹子：即童养媳。
② 作恶：受苦、可怜之意。
③ 刈筝：割柴草。
④ 劣舌：啰嗦。
⑤ 聊下添：聊，客家话玩的意思。聊下添，意为再玩一会。
⑥ 发烧：发火。
⑦ 砰砰骠：蹦蹦跳，指发脾气的样子。
⑧ 刮勺古：用弯曲了的手指关节打人的头部。
⑨ 瘘：头上被打起的包。

十命歪

一命歪来唔曾①嫁到好村庄，相打相骂无人帮；
孤家独户力单薄，人家看到目珠光。

二命歪来唔曾嫁到好人家，三餐食饭在灶下；
别人讲𠊎屋舍好，𠊎住牛栏鸡至②下。

三命歪来唔曾嫁到好家倌，竹子烟筒敲得断；
又想投河食药死，生死两难脱心肝。

四命歪来唔曾嫁到好家娘，灶头镬尾无商量；
盆一下来钵一下，可比念经过十王。

五命歪来唔曾嫁到好大郎③，田头地尾无商量；
无商量来还过得④，大骂细打苦难当。

六命歪来唔曾嫁到好姊嫂，想借物件借唔到；
无借给𠊎还过得，还要家娘面前去捅火⑤。

七命歪来唔曾嫁到好丈夫，恶骂恶打一身乌；
别人讲𠊎公婆好，唔曾同𠊎睡过一夜晡。

① 唔曾：没有。
② 鸡至：鸡窝。
③ 大郎：丈夫的哥哥。
④ 过得：较好些。
⑤ 捅火：搬弄是非。

八命歪来自家差，一心来去投外家①；
投到外家来做主，谁知投来害自家。

九命歪来差得多，总怪爷娘起风波；
先头讲佢人家好，今日才来咁奔波。

十命歪来苦怕哩，百般苦日过够哩；
百样世情都受尽，害哩歪命②一世人。

寡妇歌

正月寡妇是新年，没了丈夫真可怜；
子又细来女又细，怎得长大出头天。

二月寡妇是花朝，没了丈夫真光毛③；
前世烧了断头香，今世两人无到老。

三月寡妇是清明，家家屋屋祭祖坟；
有福之人丈夫祭，可怜寡妇祭夫君。

四月寡妇日子长，命歪嫁到短命郎；
无夫难眠脚下冷，半夜醒来等天光。

---

① 投外家：到娘家告状。
② 歪命：客家话，苦命人，指命不好的自己。
③ 光毛：一无所有，遭罪。

五月寡妇是端阳，划起龙船闹洋洋；
不见俚的丈夫面，单身孤影好悲伤。

六月寡妇正割禾，一头谷斗一头箩；
过路客人来取笑，没了老公无奈何。

七月寡妇秋风凉，上家下屋做衣裳；
有福之人丈夫做，可怜寡妇空笼箱。

八月寡妇是中秋，没了丈夫愁白头；
日愁柴草夜愁米，有了柴米又无油。

九月寡妇是重阳，无帮无助日夜忙；
家娘家倌年纪老，子要茶饭女要汤。

十月寡妇是立冬，丈夫死了三百工；
百草死了会还生，丈夫死了无影踪。

十一月寡妇雪飞飞，没有丈夫总吃亏；
早早关门早早睡，免得旁人说是非。

十二月寡妇又一年，没了丈夫真可怜；
大小鸡子宰一只，忍紧目汁过个年。

空肠空肚见阎王

冬季里来想探娘，过年时节路茫茫，

家中大人唔开口，夜里丈夫无商量。
老鸦尾头寄信转，叮嘱嫂嫂服侍娘：
"早晨一盆洗脸水，夜晡一盆洗澡汤。"
五尺带子梁上挂，空肠空肚见阎王。

妇女痛苦讲唔完
（革命烈士阮山遗作）

正月里来是新年，做到妇女唔值钱，
爷娘家产俚无份，当做牛猪来卖钱。

二月里来是春分，旧时礼教太不平，
重男轻女真可恨，婚姻买卖难称心。

三月里来是清明，手忙脚乱做不停，
风吹雨打太阳晒，几多辛苦为别人。

四月里来饥荒天，番薯吃了谷又完，
有好丈夫还过得，无好丈夫更可怜。

五月里来是端阳，姑嫂姐妹要分详，
同是爷娘养育个，男女平等理应当。

六月里来又半年，做到妇女实可怜，
百般苦处都经过，唔知那日出头天。

七月里来秋风凉，做到妇女真凄凉；

天光起来做到暗，依然三餐食粥汤。

八月里来是中秋，百件算来无件有，
常年捡柴种田地，累生累死总无休。

九月里来是重阳，一天过哩一天凉，
夜里又愁无被盖，日里又愁无衣裳。

十月里来小阳春，秋收时节乱纷纷，
做个妇女真辛苦，天晴落雨要出门。

十一月里又一冬，男子妇女大唔同，
有理无理都受气，空心呕血会吐红。

十二月里讲过年，妇女痛苦讲唔完，
总要共产党来领导，争取平等自由权。

三、只因制度不公平

土豪恶

（革命烈士阮山遗作）

土豪恶，土豪恶，有田有枪好剥削。
自家耕唔清，拿给别人作①。
到了秋冬来收租，十足收量②真太恶。
少量一点哇哇叫，威胁起田别人作③；
再若唔量清，恐怕会绑索！
耕田种地的农友们，你说土豪恶唔恶？

土豪恶，土豪恶，不但收租来剥削，
米谷留到过荒天，抬高米价心更恶。
将钱借给人，重利来盘剥。
讲到禾利放谷银④，刁难穷人更可恶。
穷人无奈何，无食又无着，
唔怕利钱重，总愁借唔到。
到期还唔清，刁之又刁作⑤。
走到你家中，捶凳又拍桌。
讲得唔好听，马上团丁就来捉。

---

① 作：客家话称耕田为"作田"。
② 收量：量，动词。量谷，意为收量租谷。
③ 起田别人作：把田收回租给别人耕种。
④ 禾利放谷银，指归还稻谷时交给地主的高利息。
⑤ 刁之又刁作：百般刁难。

头利仍然要还他,只有变卖屎缸脚①。
大家穷人想一想,土豪放债恶唔恶!

土豪恶,土豪恶,坐着享福真快乐。
吃洋烟,打麻将,勾结劣绅好作恶。
好酒大大壶,鸡鱼堆满桌。
鸡嫒②鸭妈送给他,天大事情唔怕做。
有钱有势欺凌人,喜欢寻人闹口角。
讲到无三句,巴掌就一捆。
若还唔屈服,再加一飞脚。
打死无冤伸,总是钱财着③。
弱小的工农们,前生做了什么恶?

农友工友们,留心请听着:
就是有田有地租人作,
有钱有势欺压人,恶过恶绝去放剥④。
他家里,好不阔,
尽向别人去剥削。
请问这种人,留来做什么?
农友工友们,留心请听着:
有土且豪自然恶。
不能怪别人,总怪自家唔识团结起来真真错。

---

① 变卖屎缸脚:连厕所也卖掉。
② 鸡嫒:小母鸡。
③ 钱财着:客家话,意为花钱财、钱财该死的意思。
④ 恶过恶绝去放剥:用恶毒手段放高利贷剥削。

大家一颗心，哪怕土豪恶，
团结起来打倒他，他会走到无只脚。
没收田地为公有，农民个个有田作，
自家割来归自家，唔要量人真快乐。
真快乐，就要做，大小土豪一起捉。
完成土地革命的工作，
免得他们来剥削，才能永远得快乐。

土豪逼债恶过狼

春季里来雨淋淋，土豪放债心残忍；
借了五斗还一石①，利上滚利数不清。

夏季穷人像油煎，土豪黑心放谷钱；
青黄不接买青苗②，十斤不抵一文钱。

秋季里来秋风凉，土豪逼债恶过狼；
大斗入来小斗出，穷人嫁妻卖儿郎。

冬季水浅河见沙，土豪心狠赛毒蛇；
谷种杂粮都抢去，封门夺屋霸民家。

---

① 斗、石：均为谷物的量具。十升为一斗，十斗为一石。
② 买青苗：在稻谷将熟未熟时，作个低价卖去，收割后归买主。

万恶土豪绅

民国到如今，万恶土豪绅；
加捐又加税，穷人心不平。

工人歌

我们工人，创造世界人类食住衣。
不劳动的资产阶级，反把我们欺。
起来起来，齐心协力，巩固我团体；
努力奋斗，最后胜利，定是我们的。

农民歌

我们农民，一年辛苦，时刻不休停。
万恶地主，土豪劣绅，剥削真凶狠。
快些快些，携着手来，亲密团结起；
勇敢向前，土地革命，奋斗要到底。

士兵歌

我们士兵，为谁牺牲，血流遍地鲜；
一班军阀，利用我们，混战夺地盘。
工农兄弟，武装起来，巩固我战线；
同心协力，一致争取，工农专政权。

农工歌

工农世界主人翁。
我们的血汗，全身都流尽。

穿与吃，住与行，我们所创造。
权威与幸福，多归寄生虫，
世界创造者，反成穷罪人。
封建社会，资本制度，一定要铲平。
高举旗帜，振奋作斗争。
资本家，田主们，一律杀干净，
苏维埃政权，从此要实现。
工厂归工友，土地归农民，
共产社会，民主革命，一定要成功。

只因制度不公平

问：如今世界怎咁奇？为何俚们被鬼欺？
　　为何耕田无米煮？试问大家知唔知？

答：这个道理极分明，只因制度不公平。
　　土豪劣绅来压迫，做牛做马难翻身。

合：土豪劣绅是虎狼，吃人喝血抢米粮。
　　这个敌人唔打倒，穷人永世无春光！

四、军阀年年争地盘

万恶的军阀

（革命烈士阮山遗作）

白军头子叫军阀，勾结洋人害中华，
屠杀工农反革命，保护豪绅资本家。

蒋介石与张学良，阎锡山与冯玉祥，
加上桂系共五派，五派军阀各称强。

卢兴邦与杨树庄①，盘踞闽东与北方，
长汀贼古郭凤鸣②，死在汀州无下场。

张毅打倒换张贞③，郭逆后代卢新铭④，
泉州学佬陈国辉⑤，三人盘踞漳岩汀。

勾结洋人卖中华，美国走狗蒋介石，

---

① 卢兴邦、杨树庄：卢兴邦，国民党新编第一师师长，盘踞福建永安、沙县一带；杨树庄，国民党海军部部长兼福建省主席。

② 郭凤鸣：国民党福建省防军第二旅旅长，驻长汀。

③ 张毅、张贞：张毅，国民党十九路军将领。张贞，国民党第四十九师师长，盘踞漳州一带。

④ 郭逆、卢新铭：郭逆，指军阀郭凤鸣。卢新铭，国民党福建省防军第二混成旅代旅长。

⑤ 陈国辉：国民党福建省防军第一旅旅长，驻龙岩。

日本走狗阎冯奉①,桂系奉承英和法。

洋人威势吓多灵,有枪有炮有金银,
谁个军阀不听令,便无靠山活不成。

洋人最怕百姓们,抵制洋货不容情,
有了军阀来保护,货物到处可销行。

年年军阀争地盘,南打北来北打南,
派饷拉伕封船只,农工商学尽遭殃。

白军头子发财方,全靠打仗抢一场,
兵即匪来匪即兵,奸淫掳掠似虎狼。

士兵掳掠犹小可,军阀搜刮更加多,
到处设立关和卡,钱粮杂税大剥削。

帮助豪绅办民团,鼓励民团烧杀抢,
金丰溪南丰田里②,农民房屋尽烧光。

三月湖北打湖南,战祸蔓延到珠江,
而今北方又打起,蒋桂冯阎争地盘。

---

① 阎冯奉:指阎锡山、冯玉祥和奉系军阀。
② 金丰溪南丰田里:均为永定县乡村名。

军阀越想想天开,捐税嫌少纸票来①,
纸票张张发出去,大洋封封换入来。

百物昂贵生活难,皆因税重把价增,
工农穷苦买不起,市面萧条理当然。

解散工会和农会,屠杀工农几百千,
工农首领共产党,来救穷人得安然。

请看反国民革命歌

(中国工农红军独立五师政治部宣)

国民革命,四十余年,年年打仗,争利争权。
汪蒋冯阎,互争雄长,大动干戈,一连三年。
三民主义,升官本钱,五权宪法,豪绅保障。
建国方略,民贫国弱,建国大纲,官样文章。
国民会议,假面戴上,高唱统一,高唱和平。
广东出兵,起来讨蒋,假面撕破,狗党破产。
帝国主义,出兵南满,沈阳天津,同时攻陷。
国民匪党,一枪不响,投降列强,屈服退让。
禁止群众,反帝运动,游行示威,一概不准。
一加反抗,便说暴动,捉去枪毙,捉去断头。
全国工农,莫再观望,镰刀斧头,拿在手上。
不怕压迫,不受欺骗,起来打倒,国民匪党。

---

① 纸票来:滥发纸币。

恼蒋歌

可恼的，蒋贼大骗人，
玷污革命，主义盗三民。
哪里有民生？哪里有民权？
民族痛苦，平等总不平。

可恼的，蒋贼吃人王，
贪污腐化，万恶爪牙张。
吸尽民膏血，挖空民肚肠，
省县乡保，都是杀人场。

可恼的，蒋贼坏军队，
作战无能，扰民真可畏。
到处令人惊，到处令人泪，
食民之食，不自知其罪。

可恼的，蒋贼不知鄙，
呼吁美援，献出百般媚。
结果总无灵，结果总失意，
坍下台来，逃窜死无地。

可怜了，蒋贼到眼前，
东崩西窜，民怨总沸腾。
从此虽断首，从此虽跳渊，
恶总难洗，遗臭万万年。

第二辑　中央苏区时期歌谣

一、朱毛红军到闽西

来了救星毛泽东

日头一出红又红，来了救星毛泽东；
领导穷人闹革命，工农翻身不受穷。

工农翻身不受穷，分田分地乐融融；
毛委员救涯①出苦海，山村处处一片红，

山村处处一片红，一切政权归工农；
跟着毛委员闹革命，参加红军最光荣。

参加红军最光荣，革命路上打先锋；
毛委员播下革命种，革命开花遍地红。

---

① 涯：客家方言，意为我。

毛委员来到苏家坡[①]

苏家坡呀四面山,二九年来了毛委员;
穷人跟他闹革命,打倒地主分到田。

苏家坡呀代代盲,毛委员为俚办学堂;
读书识字明真理,文化翻身喜洋洋。

苏家坡呀水流长,毛委员住在树槐堂[②],
茫茫山村云雾散,树槐堂前日月光。

共产党军来到闽

共产党军来到闽,陈逆国辉跑不赢,
丢枪炮士兵投诚,嗳唷,嗳唷,
丢枪炮士兵投诚。

江西出发到长汀,打倒了军阀郭凤鸣,
工农兵尚武精神,嗳哟,嗳哟,
工农兵尚武精神。

共产党军来到了,福建工农起来了,

---

① 苏家坡:福建省上杭县古田镇一个畲族小山村。1929年10月,毛泽东同志离开红四军后,受中共闽西特委邀请,化名杨先生,来到苏家坡村,一边养病,一边作农村调查和指导闽西特委工作。

② 树槐堂:苏家坡村的一座古民居,毛泽东在苏家坡时的住所。在树槐堂的正厅,毛泽东创办了"平民小学",教山村小孩识字明真理。如今这里办起了"闽西特委历史陈列馆"。

陈国辉战败跑了，嗳唷，嗳唷，
陈国辉战败跑了。

张贞占领漳州城，只怕红军来进攻，
只恐怕士兵投诚，嗳唷，嗳唷，
只恐怕士兵投诚。

广东湖南大出兵，千千万万是红军，
总暴动革命成功，嗳唷，嗳唷，
总暴动革命成功。

朱毛红军来上杭

汀江河水黄连汤，上杭儿女代代尝；
几时盼得救星到，能把苦水变蜜糖？

朱毛红军来上杭，打倒土豪分田忙；
四处成立苏维埃，奴隶当家喜洋洋。

朱毛红军来上杭，汀江两岸建武装；
支前扩红不落后，百万工农举刀枪。

朱毛红军来上杭，子孙万代记心房；
红军恩情比天大，滔滔汀水赛蜜糖。

欢迎红军歌

英勇红军，大家来欢迎，

欢迎红军克复永定以及龙岩城，
并且恢复北四五区①，打倒×××，
救出被迫工农群众，重遵大路行。

红军！红军！到处颂甘霖。
我们好似田苗渴水，盼望早来临。
愿你快把岩永杭边敌人扫干净，
一直打进中心城市，建立你奇勋。

岩永革命歌

工农朋友都请坐，请听倷来唱首歌；
百般歌子倷唔唱，单唱岩永革命歌。

正月里来是新年，家家老少笑连连；
一月之中无仗打，欢欢喜喜得团圆。

二月里来龙抬头，蒋匪贼古得人烧；
要喊百姓开马路，龙岩直透到坎头②。

三月里来三月三，军阀手段太难堪；
百般银钱捐到尽，百姓死死唔敢声。

---

① 北四五区：指上杭县的北四区、北五区，即今上杭县的古田蛟洋一带。

② 坎头：即永定县坎市镇。

四月里来饥荒天，佩玉①军阀又想钱；
联合土豪开乡路，沿路损失几多钱。

五月里来莲花红，百姓实在唔该穷；
红军剿灭蒋介石，岩、永相连满地红。

六月里来三伏天，调查人口并人丁；
猪肉米食都减价，农民个个有田耕。

七月里来七月秋，以往地主收租谷；
秋收一到就来量，如今稻谷自家收。

八月里来开桂花，到处都有苏维埃；
联合工农及兵士，团结起来共一家。

九月里来菊花黄，蒋匪贼古自逞强；
指挥敌人来扰乱，红军打它见阎王。

十月里来是立冬，红军实在有威风；
到处肃清反动派，地主恶霸追无踪。

十一月里落雪花，共产主义唔会差；
人人有衣都有食，不比军阀顾自家。

---

① 佩玉：军阀陈国辉部下一个营长。

十二月来讲过年，红军工作做完全；
帝国主义都打倒，自由平等万万年。

红军来后分了田

阿婆苦了十几年，红军来后分了田；
田契换上耕田证，土地还家喜连连。

香糯酿酒美又甜，酒甜难比有了田；
酒甜只能甜一时，有田就能甜年年。

耕田证啊放胸前，它比金银还值钱；
油纸包了几多层，放在枕下最安全。

睡前仔细看一遍，三更半夜捻着边；
做梦也在大声喊，从此有了幸福田。

十二月唱红军[①]

正月里来是新年，红军出发一师人；
搬来人马十八万，××封你十二军。

二月里来开桃花，打到武平转上杭。
同志入城来开会，乡中建起苏维埃。

---

① 十二月唱红军：这首歌谣是革命烈士温桂芳的手抄稿，他在长征出发前，将此抄稿交野山支部书记温昌闻保存留下。文中 × 号，是抄本残破处字迹不清。

三月里来大日头，去到象洞①打土楼。
白军住在土楼里，同志门前放火烧。

四月里来日子长，去打广东陈济棠②。
初三初四勤操练，手用炸弹不用枪。

五月里来是端阳，红军打胜三场仗。
满城同志尽恭贺，云开日头又发光。

六月里来热难当，白军紧想紧思量。
枪多炮多无作用，一连三仗败三场。

七月里来秋风凉，白军无钱来买枪。
营长又对司令说，又生字颜③借钱粮。

八月里来桂花香，慰劳红军出上杭。
又有柴来也有米，又送新鞋又送粮。

九月里来菊花黄，男女平等正相当。
拥护红军万万岁，可比河水流上杭。

十月里来小阳春，答足百姓莫担心。
少年先锋十余万，后队也有赤卫军。

---

① 象洞：武平县一个山区乡镇，革命根据地。
② 陈济棠：国民党广东军阀。
③ 生字颜：客家话，想法子、出主意的意思。

十一月里雪皑皑，富贵贫民一样×。
我看红军万万岁，打散白军×××。

十二月来又一年，人各××又分田。
男女平等十分好，八十公公返少年。

红军游击歌

（革命烈士阮山遗作）

红军游击各乡村，头一要紧打豪绅，
因为豪绅十分恶，勾结军阀打穷人。

第二要紧缴枪支，缴到穷人手上持，
穷人手中有枪炮，打倒土豪和劣绅。

第三要紧更应该，田契账簿摆前来，
还有来往借银字①，红火烧化尽成灰。

第四要紧对豪绅，没收财富不容情；
现银拿来充军饷，田地米谷分穷人。

第五要紧助工农，权柄拿到手当中，
建立苏维埃政府，工农专政乐无穷。

---

① 借银字：向地主豪绅借钱的借据。

还有五个好主张，一抗捐款二抗粮，
三抗租谷四抗税，五抗放债食人王。

大家穷人要认清，地主豪绅害人精，
公公道道同佢讲，口讲出血也闲情①。

你也穷来我也穷，十个人有九个穷，
九个穷人齐下手，豪绅地主走无门。

工农都是受苦人，快快起来帮红军，
帮助红军打反动，杀尽军阀与敌人。

讲到勇敢是红军，讲起杀敌就精神；
打倒豪绅反动派，穷人才会有出身。

打破铁上杭（竹板歌）
（刘子仁原创）

手拿竹板七寸长，俚唱歌来你帮腔，
别个歌子俚唔唱，单唱红军打上杭，
敬请列位听分详。

敬请列位听分详，军长开会白砂乡，
今朝八月十七日，单定妙计打上杭，
大家同志快武装。

---

① 闲情：没有用，没效果。

大家同志快武装，穿上军鞋背上枪，
随夜①赶过水西渡②，暗中集合石牌岗③，
偃旗息鼓莫张扬。

初更时候月唔光，朱军长先下令三章：
今夜三更来做饭，四更到来好开枪，
杀他一个不提防。

杀他一个不提防，红军纪律要分详：
不拿群众一针线，不喝穷人一口汤，
保护商店并学堂。

二更月上傍乌云，万恶贼子卢新铭，
盘踞汀江称皇帝，勾结土霸并劣绅，
日夜花赌混太平。

日夜花赌混太平，部下足足一团人，
本地团兵守大炮，唔等天夜关城门，
兵临城下不知情。

三更云敛月华光，军长再下令三章：
今夜口令"一杀子"，军帽偏斜当证章，

---

① 随夜：客家话，黄昏、傍晚。
② 水西渡：上杭城郊一个汀江渡口。
③ 石牌岗：上杭城郊一个地名。

多备云梯架城墙。

多备云梯架城墙，吩咐民兵守四方，
军长自家来带队，士兵个个气昂扬，
子弹带足刀上枪。

四更月色十分明，同时发出乱枪声，
惊动敌军瞑梦醒，东西南北分唔清，
可惜走漏卢新铭。

可惜走漏卢新铭，几名马弁①紧随身，
拼命过河夺路走，心惊胆战奔长汀，
风声鹤唳话红军。

五更月横天大光，杀得白军尽投降，
官佐跪地求饶命，兵士低头尽缴枪，
红旗高插满城墙。

红旗高插满城墙，方见红军力量强，
群众欢迎放鞭炮，喜得军长笑洋洋，
今日打破铁上杭。

---

① 马弁：国民党军官的警卫员称为马弁。

二、劳苦工农庆翻身

劳苦工农庆翻身

日出东山云雾开，红旗滚滚过山来；
劳苦工农翻身了，朵朵鲜花向阳开。
红旗滚滚过山来，穷人个个笑颜开；
跟着毛委员向前走，生活天天好起来！

旧社会，最不平

旧社会，最不平，鱼吃虾，官食民。
今日且将不平事，多少说与后生听。

各军阀，为争强，占到城市称霸王。
千种税，百样捐，官绅狼狈互为奸。
开赌场，防务税，开妓馆，收花捐。
禁烟又卖鸦片烟，事事都是颠倒颠。

招流氓，扩武装，部下多哩几支枪。
个个都想当皇帝，耀武扬威去下乡。
借口清乡来刮钱，百姓日日像过荒。

种田人，无米煮，织布人，着烂裤，
真是有冤无处诉。
每到青黄不接时，米价一日涨三步。
就中操纵是何人？官僚资本与地主。

害得几多穷苦人，三餐归拢一餐煮，
缠紧腰，勒紧裤，一家老小同饿肚。
就是六戚与三亲，黄连猪胆同等苦。
几样家具与衣衫，早已典入长生库。

上天天无门，入地地无路，
只有女儿带去卖，还可救死慢一步。
随同媒婆一齐去，将女卖入烟花薮。
父母临别四泪流，硬着心肠不回顾。
乌龟头，与鸨母，买来当作摇钱树。
用皮鞭，来"教育"，一字一泪学度曲。

朝复朝，暮复暮，秋月春风含泪度。
皮肉作生涯，谁耐其间苦！
本是弱质与娇姿，人间来过地狱苦。
枕上思量泪千行，有谁怜我一援手？

好在来了共产党，九死一生得垂救，
跳出苦海获自由，就像慈航来普渡。
从此跟定共产党，革命路上不停步。

打破旧世界

打破旧世界，建立苏维埃，
翻身解放工农掌大权，
户户张灯又结彩。

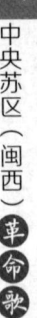

土豪同劣绅，剥削我穷人，
工农暴动你们走无门，
坚决斗争不留情。

白军兄弟们，你们是穷人，
你当白军何日能出身，
快快觉悟拖枪当红军。

共产党是救星，拯救我穷人，
平分田地自由来结婚，
工农兵大家都欢迎。

革命心要坚，不能怕牺牲，
打仗勇敢消灭反动派，
彻底解放大翻身。

歌唱十二月

正月里来是新年，工农群众笑连连，
手上提壶好冬酒，抓条鱼子用油煎，
问佢样般敢清爽①？因为暴动分了田。

二月里来是花朝，豪绅地主无处跑，
过去做哩咁多恶，而今跪地喊求饶，
剥削压迫要打倒，万里河山红旗飘。

---

① 样般敢清爽：客家话，怎样那么潇洒？

三月里来是清明，莫要迷信拜鬼神，
香烛纸钱莫去用，浪费银钱没有灵，
大小迷信要打破，齐心革命打敌人。

四月里来荷花开，各种种子忙忙栽，
分到田地莫荒了，努力生产正应该，
大家努力搞生产，一年四季靠春天。

五月里来是端阳，英勇男儿到前方，
家庭观念要打破，不要思想回家乡，
敌人子弹你莫怕，打倒敌人有风光。

六月里来热浪高，打得白军无处逃，
红军打仗功夫好，百战百胜无折磨，
大家踊跃来开会，高唱红军胜利歌。

七月里来收割忙，红军家属田水多①，
红军家属要优待，大家协力来帮忙，
红军队伍要扩大，就要优待②做得多。

八月里来是中秋，做好工作莫停休，
上级通知坚决做，下级群众适要求，

---

① 田水多：耕田的事务很多。
② 优待：当年苏区有一整套优待红军家属的制度，包括帮忙种田。

样样工作做正确，争取优胜有光荣。

九月里来菊花黄，伤病战士到后方，
在家同志齐努力，募捐买猪慰劳忙，
使到伤口早日好，再上前方打胜仗。

十月里来开腊梅，红军给养哪里来？
大家同志要晓得，经济动员买公债，
踊跃参加合作社，热心拥护苏维埃。

十一月来雪花飞，无钱讨得嫩娇妻，
以前单身打单只，好在革命解放哩，
自由结婚十分好，又带田来又带衣。

十二月来又一年，合作社内又分钱，
提只篮子买猪肉，杀鸡杀鸭办新鲜，
集股[①]集得好唔好，平时买货赢上天。

---

① 集股：当年地方党组织在才溪办起了"消费合作社"，群众纷纷入股。

三、先吃苦来后吃甘

七劝救国歌 [①]

第一劝来劝农民，多种粮食好养兵；
你是有心来救国，耕田耕地要认真。

第二劝来劝劳工，铁厂打铁要打红；
制造刀枪送前线，打得鬼子叫阿公。

第三劝来劝商家，贩卖日货差又差；
拿出钱银帮鬼子，制造枪炮打自家。

第四劝来劝学生，敌人凶狠不要惊；
宣传大家打鬼子，收回失地好名声。

第五劝来劝军人，莫怕死来莫贪生；
开到前线打鬼子，绝对不打自家人。

第六劝来劝女人，不要烧香去拜神；
你是有心救中国，劝郎劝子当红军。

第七劝来劝大家，若不团结十分差；
大家武装来抗日，要知有国才有家。

---

① 这是抗日战争开始后的苏区歌谣。

革命民众歌

军阀官僚真不良，偓就话佢命唔长，
世界还是工农的，不是我们发了狂。

土豪劣绅心不良，抓丁派款设团防，
自己荷包装得饱，团丁送死到战场。

不要惊来不要慌，红军就有好主张，
杀尽豪绅反动派，大家老少得安康。

斑鸠鸟子哈咕咕，穷人做到两头乌[1]，
做个衣食都唔够，莫讲拿钱子读书。

实在古怪实在奇，小姐肯嫁老东西，
只因现时社会坏，贪佢二个臭铜皮[2]。

田主鬼子实在凶，走下乡来气冲冲，
口口声声要精谷，减少一粒也不容。

不怕豪绅势力强，红旗招展各村乡，
大家起来不完债，不交租谷不完粮。

---

[1] 两头乌：从清晨到夜晚，两头黑。
[2] 铜皮：铜钱。

大家想起真无差,家中只有坏犁耙,
身上穿的烂衣服,红军保护无钱俫。

偃今唔讲你唔知,暴动时节就到哩,
建设工农兵政府,斧头镰刀红色旗。

向着敌人去冲锋,夺取政权乐融融,
建立苏维埃政府,世界革命就成功。

共产一定有出头

（《十劝妹、十应郎》之二、之十）

二劝妹,莫忧愁,莫信坏人乱造谣,
革命事业比天大,工农起来反官僚,
咦子哟!共产一定有出头。

二应郎,偃唔愁,唔信坏人来造谣。
总要偃哥拼命做,打倒豪绅并官僚,
咦子哟!共产成功有出头。

十劝妹,莫忧烦,不平世界是这般。
消灭军阀闹共产,天下人民尽喜欢,
咦子哟!先吃苦来后吃甘。

十应郎,偃唔烦,不平世界会推翻。
落花流水打一阵,工农士兵得政权,
咦子哟!共产成功万万年!

同志哥和同志嫂

男：同志嫂，莫咁呆，一般事情要想开，
　　男女齐心闹革命，天大事业做得来。
女：同志哥，说得真，男女同志要齐心，
　　日夜无停坚持做，铁棍也能磨成针。
男：同志嫂，笑盈盈，你今说话咁入情，
　　劳苦工农团结起，石头砸破得黄金。
女：同志哥，催分详，革命战争好紧张，
　　工农参军上前线，杀尽敌人理应当。
男：同志嫂，咁忠心，剪下头发好参军，
　　头发剪下十分好，帽子一戴更精神。
女：同志哥，咁高明，打倒白匪不容情，
　　总要大家齐动手，革命事业自然成。
男：同志嫂，无点差，白匪好比水上花，
　　砍树就要连根倒，打它流水又落花。
女：同志哥，好思量，红军很快转上杭，
　　赤卫队员都参战，包围白匪多缴枪。
男：同志嫂，要支持，包围白匪缴枪支，
　　宣传歌本发出去，红军胜利更行时。
合：对歌对得咁自然，大家听了乐无边，
　　听了歌子齐努力，革命胜利在眼前。

劝郎归家闹革命

一劝偃郎心莫慌，莫畏斗争出外乡；
人人都有一份责，解除痛苦要相帮。

二劝偓郎心莫忧，要报牺牲同志仇；
反动唔系铁打个，杀他一个也不留。

三劝偓郎心莫焦，工农力量实在骄；
农民协会恢复起，土豪劣绅就会消。

四劝偓郎莫畏难，革命就要意志坚；
打倒土豪分田地，贫苦农民日子甜。

五劝郎，上山坡，不怕白鬼人马多；
总要工农齐努力，你拿枪炮我拿刀。

六劝偓郎好主张，热心捐献做军装；
支前也是救自己，支持革命理应当。

七劝偓郎水咁长，收拾行李保家乡；
鼓动大家来革命，不纳租税不纳粮。

八劝偓郎心莫愁，放宽心情有劲头；
工农不怕反动派，烂屋烧了盖洋楼。

九劝偓郎心要坚，莫听白鬼骗人言；
总要工农团结起，革命就有出头天。

十劝偓郎要分详，钱赚唔到有何妨；

等到革命成功日，有食有着好春光。

十劝郎，当红军

一劝郎，要热心，热血革命为穷人；
保卫穷人无别计，只有扩大我红军。

二劝郎，树雄心，千万莫恋小家庭；
家里爹娘和子女，有𠊎老妹会留心。

三劝郎，莫犹豫，专心专意去从军；
前方打仗要勇敢，消灭团匪与白军。

四劝郎，莫贪生，贪生怕死唔成人；
为着工农谋解放，战场牺牲有名声。

五劝郎，要虚心，团结两字记在心；
革命道理多学习，遵守纪律要认真。

六劝郎，莫迟延，背起行装就起身；
衣衫用品妹捡好，请郎亲自看分明。

七劝郎，出门庭，高高兴兴去出征；
反动地方莫乱走，革命纪律要记清。

八劝郎，五里亭，妹与𠊎郎来饯行；
带了两个酥麻饼，送给𠊎郎做点心。

九劝郎，要乐心，老妹事理极分明；
努力在家干革命，决不贪生背郎情。

十劝郎，十里亭，送别倨郎慢慢行；
永远跟着毛委员，革命路上不留停。

四、天下主人是工农

革命歌（三句半）

（革命烈士阮山遗作）

革命是正宗，志愿大家同，
红军真勇敢，威风。

共产主义深，大家要认真，
我们做工作，同心。

共产布善政，出发场场胜，
铲除作恶人，报应。

共产善计谋，布告好规条，
苛捐并杂税，取消。

共产极公平，开会议章程，
大家都晓得，文明。

共产做一场，同志要相帮，
乡乡设农会，久长。

共产有英豪，白军受折磨，
士兵各逃散，奈何。

土豪与劣绅，威风走不停，
打倒大地主，无情。

土豪最要打，家资尽散下，
产业分贫民，无假。

土豪粜贵谷，吃酒又吃肉，
至今打倒你，莫哭。

平素咁有钱，至今叹可怜，
契约焚烧了，枉然。

若是资本家，捐税总无差，
有钱助军饷，让他。

家资若有余，同志不相欺，
派你的军费，无奇。

劣绅名最臭，打他谁讲究，
平素欺骗人，可恶。

劣绅良心昧，做人又做鬼，
应该打倒他，无罪。

平素做走狗，自然有人晓，
我们要捉你，难走。

政令好章程，拨富救贫民，
地主田产业，均分。

贫苦不要愁，如今有出头，
服从共产党，良谋。

耕田做生意，手艺在人为，
货物平买卖，无欺。

最好设学堂，培养读书郎，
才能有提高，非常。

许多女学生，读书会做文，
做起革命事，也能。

男女自由权，总要有姻缘，
两人合心意，无嫌。

结得好姻缘，不要聘金钱，
何愁无妻子，自然①。

才女配才郎，得意自洋洋，
同心做工作，商量。

---

① 自然：客家方言，舒适的意思。

最好是公婆，家中要慈和，
逍遥多快乐，嗳哟。

无缘莫闲管，就怕会相反，
若是去强奸，岂敢。

自由结婚妻，到老无怨悔，
格外多情义，丁对①！

婚姻自由家，媒婆莫管他，
志同道又合，无差。

自由配丈夫，也要孝翁姑，
百年同偕老，常有。

自由得贤妻，少年正及时，
而今无聘礼，东西。

红军本威昂，势力更高强，
还有赤卫队，相帮。

白军难固守，城池无久住，
士兵走忙忙，艰苦。

---

① 丁对：合适、正确。

同志同热心，杀尽反动军，
蒋桂冯阎奉，肃清。

红军威名扬，白军难抵挡，
几仗打下来，归降。

城中暴动起，处处有安排，
全杭①皆共产，妙哉。

汀郡②红军到，官衙也打破，
何愁小县城，直过③。

还要打福州，红军处处有，
杀尽反动派，报仇。

共产联南京，中华面貌新，
四海皆同志，是真。

努力勇向前，中国出圣贤，
革命定成功，万年！

---

① 全杭：上杭全部。
② 汀郡：指汀州，今长汀县。
③ 直过：顺利地直接通过。

革命进攻歌

山歌唱来喜洋洋,大家同志听分详;
工农群众咁贫苦,民众团结正应当。

一来团结举红旗,二来手上带袖章;
三来乡中杀反动,四来缴出土劣枪。

头一要打龙岩州,第二要紧打上杭;
第三消灭陈国辉,第四要杀陈荣光。

民众起来要分明,消灭军阀卢新铭[①];
捉到士兵不要杀,士兵也是贫苦人。

进城保护小商人,不抢商人与贫民;
进城只要捉土劣,捉到土劣不容情。

进到城中有河头,四周河路架浮桥;
百样货物有来往,周围群众有出头。

赤卫[②]民众要分详,约定日子攻上杭;
确定八月中秋节,城中反动乱忙忙。

山歌唱来喜洋洋,进到城内有春光;

---

① 陈国辉、陈荣光、卢新铭:当地国民党军阀。
② 赤卫:指农民武装赤卫队。

建立苏维埃政府，工农专政万年长。

革命进攻

福建汀州，永定上杭，中国共产，很有主张。
人民百姓，困苦难当，实行共产，解除改良。
苛捐杂税，切勿照常，红军做事，免得苦长。
分配田地，久久长长，工农专政，理之应当。
同心热心，进攻上杭，恶官要杀，士兵不伤。
四处同志，有主有张，城内共产，妙哉非常。

闽西革命曲（三句半）

（革命烈士阮山遗作）

中国共产党，领导谋解放，
深得工农兵，信仰！

神圣苏维埃，岂容弄腐败，
动摇的分子，滚开！

手段要狠辣，肃清恶腐化，
土劣团军匪，杀杀！

斗争要扩大，直捣到漳厦，
一面向潮汕，打下！

军阀刘卢张①，爆发大混战，
全省的局面，纷乱！

官长在后面，士兵上前线，
红军一宣传，哗变！

赣南与东江，形势日紧张，
统治阶级们，恐慌！

革命高潮到，大家齐奋斗，
军阀国民党，打倒！

武汉与广东，工农起暴动，
影响到全国，成功！

红军奏凯回，红旗到处飞，
大家齐欢呼，万岁！

天下主人是工农

世间神圣只劳工，工字无头话不通；
创造人群衣食住，顶天立地主人翁。

天下主人是工农，为何受罪又贫穷？
权威幸福都无份，倒归人类寄生虫。

---

① 刘卢张：指军阀刘和鼎、卢兴邦、张贞。

寄生虫有几种人，资产阶级田主们；
军阀官僚亦在内，再加土豪与劣绅。

好歹最怕两相形，是是非非自分明；
万恶豪绅多巧语，是非颠倒乱人听。

不劳而食气难平，还求海味与山珍；
金屋藏娇多艳福，犹思嫖赌找开心。

穿绸着缎满身金，轿子驼驼更不平；
无钱之人真可叹，肩头拿佢做路行①。

工农生活两堪怜，一少工资一少田；
清早起来做到暗，赚来不够吃黄烟。

穷人多半是无妻，世事如何这样奇；
想了三年无法子，夜来睡目叹孤凄。

穷人顶怕过荒天，一到荒天断火烟；
怕断火烟生谷利②，除生谷利别无钱。

谷利生来要谷量，唔量债主破禾仓；

---

① 指穷人以肩膀为豪绅地主抬轿。
② 谷利：借谷充饥产生的高利息。

一元谷利三元算,稍一推迟就骂娘。

劳苦农民一到秋,额皱眉头心里愁;
都因田主斛①箩大,不论丰荒十足收。

穷人阶级工农兵,豪绅压迫十分深;
出头须从团结起,切切莫做可怜人。

终年劳苦受饥寒,子哭妻啼血泪干;
要求解放须革命,不然永世一般般②。

铁链缠身解不开,一人无力大家来;
工人领导农民起,生死交关③在此回。

此回革命不比先,目的首先夺政权;
夺得政权由我管,工农专政像神仙。

好人就是我工农,要向豪绅作猛攻;
抗债抗捐正经事,争田争地为贫穷。

工农兵士结同盟,实行五抗④起斗争。
土地归农须暴动,功成耕者有田耕。

---

① 斛:旧社会量谷的器具。
② 一般般:客家方言,意为一个样子。
③ 交关:关键时刻。
④ 五抗:抗租、抗捐、抗税、抗债、抗役。

功成耕者有其田，工人不但加工钱；
工作时间也减少，工厂归工更自然。

姓界房纲①最害人，农民团结要分明；
豪绅破坏无他策，单从此处去用心。

船到滩头水路开，穷人政府苏维埃；
同时成立赤卫队，反动分子不敢回。

喜得大家乐开场
——才溪庄背庙②墙头诗

民国世界属谁强，乌天黑地苦难当。
今年六月行共产，喜得大家乐开场。
共产宗旨分田地，分有田地无思量。
不愁衣食不愁着，欢迎红军到本乡。
实在大家爱努力，不怕白贼有好枪。

一九二九年斗争歌

一月里来梅花香，四军全部出井冈；
红旗飘扬高高举，吓得匪党大恐慌。

二月里来雪花飞，红军路上显神威；

---

① 姓界房纲：姓氏房族。旧社会统治阶级利用族权压迫人民。
② 庄背庙：上杭县才溪镇一个偏僻小庙，今为革命旧址。

大柏岭上打一仗，刘逆士毅①狗命危。

三月里来气象新，红军浩荡入长汀；
郭逆凤鸣不量力，长岭寨下命归阴。

四月里来秧苗青，红军全部进于兴；
赣南各县大暴动，刘逆无法守孤城。

五月里来天气清，革命高潮快来临；
蒋桂战争南方起，可怜两广遭蹂躏。

六月里来荷花鲜，红军两度入龙岩；
陈逆国辉只身跑，一败涂地哭皇天。

七月里来稻谷香，农家男女打稻忙；
不交租谷不还债，贫苦农民谷满仓。

八月里来秋风凉，训练整顿上操场；
要把本领操练好，勇敢杀敌上前方。

九月里来离闽西，经过平宁②到安溪；
反动张贞被打败，缴下枪炮数不清。

---

① 刘逆士毅：刘士毅(1886—1982)，字任夫，江西省都昌县刘家村人，新桂系外省籍的重要军阀，曾任南京中央军校筹备主任、国民政府总统府参军长、国民革命军陆军二级上将。

② 平宁：指当时的漳平县、宁洋县（今漳平市双洋镇）。

十月里来回龙岩，千万工农笑开颜；
上杭铁城一鼓下，卢逆新铭就坍台。

十一月里去东江，趁着汪蒋战争忙；
松源虎头①把枪缴，陈逆维远②惨下场。

十二月里过新年，敲锣打鼓庆凯旋；
古田会议开得好，军民联欢③乐无边。

十二月共产歌

正月共产是新年，共产起来万万年；
蒋匪起来反革命，搞得中国黑了天。

二月共产是春分，江西红军到长汀；
百姓欢迎共产党，打倒土豪有田分。

---

① 松源虎头：广东省大埔县松源镇一个小地名。

② 陈逆维远：军阀陈维远，曾任国民党军第二十二师参谋长、第十一军第二十四师副师长、第十一军参谋长等职。1927年后，任福建省省防军第三旅旅长、闽南警备司令等职。1940年依重庆国民政府指示潜伏汪精卫南京伪政府，历任汪伪中央政治委员会委员、军事委员会委员、汪伪军政部常务次长、汪伪军政部政务次长等职。1942年被日本特务发现后杀害。

③ 军民联欢：1929年底，在古田会议址侧旁广场举行了一场庆祝古田会议胜利结束和迎接1930年元旦的军民联欢文艺晚会。朱德军长等出席。

三月共产是清明，汀州枪毙郭凤鸣；
土豪劣绅无法子，气死土霸卢新铭。

四月共产日子长，闻说红军到上杭；
豪绅地主心惊怕，缩到上杭城里藏。

五月共产五月社，五月初一打白砂；
丘坊①民团反革命，烧毁房屋几百家。

六月共产禾又黄，四处暴动乱忙忙；
男子参加赤卫队，细人②加入儿童团。

七月共产是立秋，朱毛克复龙岩州；
四处红军声势大，豪绅地主无谷收③。

八月共产桂花香，中秋十八破上杭；
缴得卢逆④枪枝尽，就叫同志拆城墙。

九月共产是重阳，金汉鼎军⑤到上杭；
土豪劣绅无法子，声声口喊救命王。

---

① 丘坊：上杭县白砂乡的邻乡，原蛟洋乡所在地。
② 细人：客家话，即小孩。
③ 无谷收：不敢收租谷了。
④ 卢逆：指军阀卢新铭。
⑤ 金汉鼎军：军阀金汉鼎的军队。

十月共产小阳春,汀州打破到瑞金;
瑞金打到连城转,又到上杭救人民。

十一月来又一冬,团匪白贼到庐丰①;
无产阶级来团结,赶得白匪跳河中②。

十二月共产又一年,穷苦大众分了田;
只要大家齐努力,革命成功万万年。

---

① 庐丰:今上杭县庐丰镇。
② 跳河中:国民党白军大败,跳到汀江中渡河逃命。

五、男女平等好主张

男女平等好主张

三月里来三月三，先日妇女苦难堪；
婚姻爷娘来包办，可比卖猪一般般①。

八月里来桂花香，男女平等好主张；
由到老公②人品好，大小事情有商量。

九月里来是重阳，一天过了一天凉；
日里唔愁无食着，夜里唔愁无衣裳。

十月里来是立冬，甘愿嫁到好老公；
朝晨喊佢莫去觅冷水③，夜里莫去受冷风。

十二月来又一年，月半一过讲过年；
上家下屋来比赛，丰衣足食过大年。

结婚歌

赤色苏区主工农，穷人莫愁单只公④。
真相爱，自然成双。

---

① 一般般：一个样。
② 由到老公：婚姻自由找到的老公。
③ 觅冷水：玩冷水，使用冷水。
④ 单只公：单身汉。

共产主义真是好，恋爱自由合到老，
哈哈笑，十分快乐。

唔问妈来唔问爷，登记就到苏维埃，
结婚时，大家欢迎。

希望共产主义长，得意妻儿喜洋洋，
做事情，有话商量。

十劝女子改装歌

一劝女子要改装，女人改转男人装；
男女本来称平等，男女平等立纲常①。

二劝女子要改装，头发蓬蓬像把秧；
每日起来梳一次，抹油抹粉真难当。

三劝女子要改装，钗镯卖来买衣裳；
发把剪除真舒服，无愁无急乐洋洋。

四劝女子要改装，绉纱②包头五尺长；
这个样子咁唔好，被人暗笑像悬梁。

---

① 立纲常：成为纲要常规。
② 绉纱：一种精致稀薄的丝织品。

五劝女子要改装，男女同装有何妨？
着绿穿红真鬼样，妖妖捏捏①戏野郎。

六劝女子要改装，总要三餐有米粮；
衫裤加边没更好，勤劳生产有春光。

七劝女子要改装，莫穿花鞋做小娘；
穿起花鞋没利益，加钱加线费心肠。

八劝女子要改装，改变装式入学堂；
要想自由求知识，正合才女配才郎。

九劝女子要改装，旧时规矩细思量；
脚跟包来真好笑，恰似被人刀刈伤。

十劝女子要改装，先改装来后武装；
记在心头来革命，革命成功久久长。

妇女解放歌

一

一早起来做到日落西，
雨打风吹有谁人知，
真正痛苦呀，真正可怜呀，
劝我妇女们，快快觉悟起。

---

① 妖妖捏捏：客家话，妖里妖气的意思。

二

字又不会写书又不会念，

拿起算盘又不会算，

一生受人欺，永世不自由，

劝我妇女们，读书不可慢。

三

地主豪绅剥削我穷人，

挑拨离间破坏我团结，

我们要热心，加进工农会，

打破旧封建，实行新社会。

四

共产党领导妇女得解放，

我们来唱妇女解放歌，

振起我精神，巩固我力量，

努力去奋斗，胜利终归共产党。

日头出来一片红

日头出来一片红，先前妇女唔开通；
一味相信旧礼教，总说礼教爱服从。

日头出来一片红，礼教压迫太过重；
讲起礼教压迫事，可比画眉关在笼。

日头出来一片红，苦情好多在心中；
从今寻到自由路，可比画眉飞出笼。

日头出来一片红,今个世界大唔同;
女子也要来革命,革命就要思想通。

日头出来一片红,妇女改装是普通;
帕子省得几多样,银器省得半斤重。

日头出来一片红,妇女莫去好虚荣;
绸缎虽然是好看,唔当粗布着一重。

日头出来一片红,自由结婚实在通;
男女平权真快乐,女子出来也威风。

日头出来一片红,妇女总识做苦工;
有字拿来唔识看,要晓读书才开通。

日头出来一片红,豪绅地主好威风;
有食有着又有祟,一世做个享福公。

日头出来一片红,可怜工农太过穷;
穷人到底无身价,想借片文①借唔通。

日头出来一片红,大家革命心爱同;
革命就是救穷药,唔闹革命一世穷。

---

① 片文:一片铜钱。

日头出来一片红，消灭军阀大恶虫；
杀尽豪绅反动派，从此莫做可怜虫。

十二月结婚歌

正月结婚是新年，文明结婚不要钱；
打破买卖婚姻事，无产阶级笑连连。

二月结婚桃花红，自由结婚天下同；
总要两人情意好，一生一世笑融融。

三月结婚是清明，无产阶级要革命；
推翻一切旧世界，几多单身成了亲。

四月结婚正耕田，工农革命出头天；
如今好在共产党，劳苦工农有政权。

五月结婚夏至边，过去工农最可怜；
好得苏维埃政府，工农暴动来分田。

六月结婚又食新，结婚也要介绍人；
两人同行到政府，一起领得结婚证。

七月结婚七巧时，文明结婚正行时；
工农好得共产党，家家户户才入时。

八月结婚桂花香，两人结婚莫慌张；

两人先要当面看，自由满意才久长。

九月结婚是重阳，至今世界大同样；
男女实行要平等，抗租抗债不完粮。

十月结婚正立冬，世界革命会成功；
推翻一切旧封建，一切政权归工农。

十一月结婚冬至边，革命世界是苏联；
自由结婚苏俄出，无产阶级要纪念。

十二月结婚又一年，自由结婚已实现；
打破家庭旧封建，拥护红军万万年。

六、贫苦农民掌文权

识字运动歌

国民党统治，工农苦得死；
性命尚难保，哪能讲识字？

有目不识字，可比一瞎子；
行不辨西东，要人来指示。

谁害我们呀？地主资本家；
穷人受剥削，天天作牛马。

现在可不同，政权为工农；
识字有机会，大家要用功。

苏维埃政府，工农兵作主；
文化要翻身，学习要刻苦。

一天学五字，十分容易事；
先学什么字，从简单开始。

工农识字多，文化就提高；
政治就了解，唔会打暗摸[①]。

---

① 打暗摸：客家话，黑暗中摸索。

巩固苏维埃，任重莫忘怀；
工农要文化，识字大家来。

工农已翻身，学习必认真；
莫看轻自己，已经作主人。

世界主人翁，是我们工农；
大家识了字，革命打先锋。

劝工农补习夜校歌

工农们，是穷民，辛辛苦苦来做人。
日不饱，夜无眠，身难积蓄无片文。
顾父母，养妻子，哪有时间来读书。
不读书，无目珠，舂杵不倒唔识乌[1]。
乌拉拉，两点叉，识了半日不知它。
哑子石[2]，路三叉，左右不分路行差。
心里头，字太少，明明乌字认做鸟。
来往数，不分晓，两人算数时时吵。
不识字，真个苦，试问哪条是出路？
共产党，有教育，附设夜校来弥补。
工农们，要去学，要去夜校坐书桌。
夜夜来，夜夜学，莫去上游并下蹋[3]。

---

[1] 唔识乌：不懂得鸟字和乌字的区别，即不识字。
[2] 哑子石：三叉路口的指路石。
[3] 上游并下蹋：到处游玩。

或认字，或唱歌，风琴和起乐陶陶。
今日低，明日高，自然积少可成多。
工识字，越通灵，制造出来日日新。
农识字，好耕耘，天文地理都分明。
女识字，最要紧，家庭教育有根本。
阿姆教，不规整，个个孩儿变愚蠢。
看起来，补习校，乡村处处不可少。
留心学，留心教，文化教育最紧要。

卫生运动歌

工农大众听分明，疾病也是大敌人；
红军有病难打仗，工作有病做唔成。

要同疾病作斗争，大家就要讲卫生；
假使卫生唔讲究，灵丹妙药也等闲。

中央苏区内务部，卫生纲要早颁明；
卫生运动要开展，纲要大家要实行。

当家作主工农兵，身体锻炼莫看轻；
饮食居住要清洁，传染病人要隔离。

公共卫生要做好，扫除污秽莫留停；
吐痰便溺莫随便，消灭蚊子并苍蝇。

革命战争正紧张，青年同志上前方；

身强力壮铁般硬,唔怕敌人唔缴枪。

前方杀敌凯歌扬,生产支前靠后方;
打仗生产都要身体好,开展卫生运动保健康!

食到鸦片真可怜

正月哩来是新年,食到鸦片真可怜;
咁靓人才食到坏,读书郎子有人嫌。

三月哩来开百花,食到鸦片败了家;
百万家财败得尽,天大事情不管它。

五月哩来日子长,败了家产割了肠;
日里无个供鸡米,夜间无粒老鼠粮。

六月哩来三伏天,食到鸦片骨头软;
田中有谷唔想打,总想床上抽大烟。

七月哩来秋风凉,食大烟时睡横床;
早晨起来食到夜,大事小事丢一旁。

九月哩来是重阳,食到鸦片变流氓;
衣衫物件卖到尽,家中妻子哭断肠。

十一月哩雪飞飞,大烟鸦片苦哩人;
咁多坏处听清楚,戒掉鸦片做好人。

十二月哩又一年,戒了鸦片好过年;
红军帮助戒鸦片,保护①共产万万年。

---

① 保护:客家方言,保佑的意思。

七、欢送亲人当红军

扩大红军歌

工农群众爱分明,快快起来当红军;
闽西政权虽建立,反动残余未肃清。

反动残余未肃清,工农痛苦还在身;
要求彻底除痛苦,只有扩大我红军。

只有扩大我红军,总爱大家下决心;
自动加入红军去,冲锋杀敌不顾身。

冲锋杀敌不顾身,才是革命赛赢人;
为着工农谋利益,牺牲战场有名声。

牺牲战场有名声,贪生不值钱一文;
工农群众要晓得,死生价值认分明。

死生价值认分明,万众团结一条心;
消灭军阀非难事,何愁团匪[①]肃不清。

何愁团匪肃不清,进攻漳厦杀张贞;
一直打到潮汕去,杭武团匪一鼓平。

[①] 团匪:指反动民团。

杭武团匪一鼓平，工农群众好乐心；
夺取政权闽粤桂，全国暴动就到临。

全国暴动就到临，刮党[①]军阀颤颤怔；
想尽千般屠杀计，怎奈暴动工农人。

怎奈暴动工农人，起来扩大我红军；
白军士兵又起义，同送反动入墓门。

同送反动入墓门，中国军阀要肃清；
帝国主义也崩溃，世界革命就完成。

世界革命就完成，共产社会就到临；
共产主义行天下，嘻嘻哈哈乐太平。

欢送亲人当红军

欢送亲人当红军，参加红军意义深；
白军团匪都打倒，封建势力要肃清。

欢送亲人当红军，亲人革命要坚心；
家庭观念要打破，一心一意杀敌人。

---

① 刮党：指国民党。土地革命战争时期，闽西苏区群众把国民党称为刮民党。

欢送亲人当红军，千叮万嘱要记心；
紧紧跟着共产党，革命到底莫变心。

哥戴红花上前方

哥戴红花上前方，家中一切妹担当；
生产支前带头做，学犁学耙学插秧。

哥戴红花上前方，爷娘唔要哥思量；
孝敬爷娘是本分，全家老少保安康。

哥戴红花上前方，革命胜利回家乡；
家中事情莫挂念，白头到老情意长。

哥戴红花上前方，冲锋杀敌立功劳；
嘱愿哥哥打胜仗，快把白匪消灭光。

哥戴红花上前方，笠麻背在背中央；
笠麻写上七个字：要把红旗插四方。

哥戴红花上前方，合家欢乐喜洋洋；
保佑红军万万岁，红色江山万年长。

髻子剪掉也甘心

韭菜开花一杆子心，剪掉髻子当红军。
保护红军万万岁，髻子剪掉也甘心。
韭菜开花一杆子心，剪掉髻子当红军。

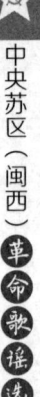

兄妹同杀敌，姐弟齐上阵，
夫妻双入伍，姑嫂当后勤。
头上戴起五星帽，肩扛梭镖喜盈盈。

前方后方心连心

女：头上乌云压白云，世间土豪欺穷人；
　　无辜百姓受欺压，终有一天要翻身。

男：要翻身来要翻身，打倒土豪和劣绅；
　　革命唔怕狼和虎，怕狼怕虎唔成人①。

女：怕狼怕虎唔成人，要想翻身当红军；
　　阿哥参军上前线，做双草鞋表表心。

男：妹表心来哥表心，𠊎今决心当红军；
　　一心跟着共产党，革命到底唔变心。

女：革命到底唔变心，阿哥前方放宽心；
　　后方有𠊎老妹在，前方后方心连心。

男：心连心来心连心，𠊎今参军杀敌人；
　　跟着毛委员闹革命，革命胜利喜盈盈。

---

① 唔成人：客家话，意为没有做人的资格。

临别之前再对歌

女：郎去当兵救穷侪①，努力杀敌莫念家；
　　住在家里一人好，去当红军好大家。

男：心肝妹子心肝心，偃今出去当红军；
　　一心一意上前线，勇敢冲锋杀敌人。

女：心肝阿哥心肝心，偃哥出去当红军；
　　努力勇敢向前进，家庭唔使郎挂心。

男：心肝妹子心肝心，阿哥出去当红军；
　　反动势力肃清后，再同偃妹结同心。

女：心肝阿哥心肝心，偃哥出去当红军；
　　三大纪律要遵守，布置任务要完成。

男：心肝妹子心肝心，阿哥出去当红军；
　　郎当红军打天下，阿妹在家要乐心。

女：心肝阿哥你记牢，要报牺牲同志仇；
　　努力前进莫退缩，头颅可断血可流。

男：心肝老妹莫思量，嘱你努力在后方；
　　慰劳红军礼拜六，件件工作要加强。

---

① 救穷侪：救穷苦的人。

哥当红军要威风

哥当红军要威风，一见敌人就要冲；
冲锋陷阵去杀敌，敌人定在包围中。

哥当红军是英雄，消灭军阀立战功；
冲破闽西严重势，顶天立地主人翁。

哥当红军胆要雄，英勇杀敌打前锋；
为着工农谋解放，流血牺牲也光荣。

哥当红军要忠心，赤胆忠心为人民；
人类解放我解放，穷人翻身我翻身。

哥当红军要热心，热心革命为穷人；
红军队伍日扩大，才能消灭反动军。

哥当红军要分详，共产社会乐洋洋；
工农士兵得解放，革命成功正久长。

十劝阿哥莫念家

一劝哥，莫念家，哥当红军妹当家；
穿起军衣拿枪炮，放下锄头和犁耙。

一应妹，侄分明，放下犁耙就起身；
拿起刺刀和枪炮，努力向前杀敌人。

二劝哥，莫念家，家中一切莫牵挂；
一心一意向前去，消灭敌人好大家。

二应妹，偃分明，家中一切很放心；
无愁无虑向前进，消灭团匪与白军。

三劝哥，莫念家，家中妹妹管得下[①]；
田地妹会留心种，子女妹会照顾他。

三应妹，偃分明，家中你妹管得清；
还有政府来帮助，子女你也很留心。

四劝哥，莫念家，军阀混战乱如麻；
许多工农要暴动，应当出去帮助他。

四应妹，偃分明，军阀混战确不停；
工农士兵受痛苦，哥哥早已看得清。

五劝哥，莫念家，哥哥念头莫打差；
思想工农受痛苦，不要念在妹名下。

五应妹，偃分明，要不唔去当红军；
为着工农谋解放，不会时刻念家庭。

---

① 管得下：客家话，意为管得好、管得有条理。

六劝哥，莫念家，男儿到处都是家；
土地革命不算足，建立中华苏维埃。

六应妹，𠊎分明，到处工农是弟兄；
土地革命本不够，共产社会要来临。

七劝哥，莫念家，哥哥出发打天下；
不怕辛苦不怕死，哥哥到处有名声。

七应妹，𠊎分明，𠊎今出发救穷人；
只望人人享幸福，不是一心为功名。

八劝哥，莫念家，踏开脚步快快行；
政府优待十分好，许多同志来送行。

八应妹，𠊎分明，路上告别送行人；
希望大家努力做，世界革命定完成。

九劝哥，莫念家，革命势力像春花；
工农到处都暴动，打倒豪绅和恶霸。

九应妹，𠊎分明，革命高潮似日升；
快快肃清反革命，百般平安享唔清。

十劝哥，莫念家，今朝分离偓俩侪①；
革命成功归来日，双手献上自由花。

十应妹，偓分明，今日同妹来分离；
革命成功归来日，再来同妹共头眠。

郎当红军妹当家

女：一劝偓郎莫念家，郎当红军妹当家；
　　家里爹娘和子女，一概为妻照顾他。

男：劝偓当兵偓应该，新结夫妻难分开；
　　青春年少好难舍，人人做过少年来。

女：二劝偓郎莫太呆，自由结婚哪里来？
　　田山分到穷人手，要防敌人复转来。

男：劝偓参军偓认真，晓得家贫苦出身；
　　英勇杀敌为革命，年少妻子你放心。

女：三劝偓郎莫贪花，贪新弃旧害自家；
　　革命坚持要到底，争取立功戴红花。

男：本来有意当红军，又怕阿妹不老成；

---

① 偓俩侪：客家话，意为我们两个人。

行路要行石砌路，切莫去走妖田塍①。

女：四劝倕郎当红军，老妹老成你放心；
　　一心参军前方去，不要为妹挂在心。

男：哥当红军你放心，倕今真心为人民；
　　阿哥可比王公子，阿妹要像玉堂春②。

女：五劝倕郎当红军，不要为倕来分心；
　　夫妻感情你尽舍，倕妹不会来变心。

男：阿哥愿去当红军，相信阿妹是真心；
　　只要家庭团结好，恩爱夫妻一世人。

女：六劝倕郎笑连连，阿哥出去莫贪钱；
　　革命成功回家转，幸福光荣再团圆。

男：如今共产好处多，穷人团结劲头高；
　　参加红军为革命，哪怕敌人武器多。

女：七劝倕郎心要真，光荣任务敢担承；
　　上了战场心要定，胜败都要有决心。

---

　① 妖田塍：客家话，指稀泥田塍。
　② 王公子、玉堂春：传统戏曲《玉堂春》中的男女主角，二人对爱情十分忠贞。

男：阿哥今去当红军，前方不要妹挂心；
　　全心为民做好事，冲锋陷阵杀敌人。

女：八劝倛郎上战场，加强团结力量强；
　　不怕苦来不怕累，全心全意把兵当。

男：阿哥参军意志强，阿妹不要挂心肠；
　　前方工作倛尽责，后方生产你担当。

女：九劝倛郎下决心，一心革命要真心；
　　冲锋杀敌要勇敢，任何曲折莫灰心。

男：夫妻离开日子长，两人坚定好商量；
　　青春年少我理解，家中事务你担当。

女：十劝倛郎听妹言，共产纪律要执行；
　　服从官长要做到，后日胜利再团圆。

男：阿妹劝哥记在心，英勇杀敌为人民；
　　后方一切妹划算，阿哥永远不忘情。

十送郎

一送倛郎床面前，劝郎勇敢上前线；
贪生怕死要不得，革命才有出头天。

二送倛郎房门边，劝郎革命心要坚；

吃苦耐劳去革命，莫要时刻想家园。

三送𠊎郎天井边，劝郎做事莫随便；
遵守纪律勇杀敌，革命不比打秋千。

四送𠊎郎厅堂边，劝郎做事心莫偏；
革命工作大家做，众人团结能胜天。

五送𠊎郎大门边，一轮红日在中天；
黑暗地狱要捣烂，光明大道在面前。

六送𠊎郎大路中，别后书信要常通；
胜利喜报要常寄，阿姆听哩乐融融。

七送𠊎郎拱桥头，铲除豪绅土匪头；
斩草除根消灭尽，还要防它再抬头。

八送𠊎郎出水口[1]，反动地区莫乱走；
万一不幸被抓去，坚持气节莫低头。

九送𠊎郎邻里坊，阶级弟兄要相帮；
五湖四海同革命，团结互助理应当。

---

[1] 水口：客家地区村庄大多依水而建，在水流流出村口处，种有一片风水林或建有庙宇，称为水口。

十送俚郎十里亭,嘱咐我郎快快行;
革命成功胜利日,夫妻相见喜盈盈。

张鼎丞① 来到才溪乡

三二年②,好风光,重阳佳节桂飘香;
省苏主席张鼎丞,亲临指导才溪乡。

俱乐部,闹洋洋,扩红③动员山歌唱。
青年男女宣传队,对答如流都开腔。

鼎丞主席再演讲,动员扩红上前方;
胜利果实要保卫,一呼百应如雷响。

---

① 张鼎丞(1898—1981):闽西革命根据地的主要创建人之一。福建永定人。1927年加入中国共产党。1928年6月领导永定武装暴动,建立苏维埃政府,进行土地革命,并组成一个营的红军部队,任营长。后历任中共闽西特委委员、组织部部长、军委书记,闽西暴动委员会副总指挥,闽西工农红军第七军第十九师第五十七团团长、第四军第四纵队党代表。参加过古田会议,尔后率部转战赣南、粤东北,反击国民党军"会剿"。1930年后,历任闽西苏维埃政府主席、中华苏维埃共和国中央执行委员兼土地人民委员、福建省苏维埃政府主席。1934年秋中央红军主力长征后,留在闽西地区坚持游击战争,任闽西南军政委员会主席。抗日战争时期,任中共闽粤边省委书记、新四军第二支队司令员。解放战争时期,任华中军区司令员,中共中央华东局常委、组织委员会书记等职。中华人民共和国建立后,任中共福建省委书记兼省人民政府主席、华东军政委员会主席、华东行政委员会副主席兼政法委员会主任、中共中央组织部第一副部长、最高人民检察院检察长等职。1981年12月16日病逝于北京。
② 三二年:指1932年张鼎丞同志到才溪乡。
③ 扩红:扩大红军,即动员青壮年当红军。

下才①干部赤卫队，七十多人把兵当；
鼎丞主席大夸奖：才溪不愧模范乡②。

---

① 下才：上杭县才溪乡的一个村。
② 模范乡：1931年，上杭县才溪乡被评为"中央苏区第一模范乡"。

八、拖枪过来当红军

告白军士兵歌

白军士兵，你听分明，当兵痛苦，真正可怜。
这首歌子，告诉你们，亲爱弟兄，快快还魂[①]。
你们大家，都是穷人，因为痛苦，出来当兵。
离家千里，音信不明，父母妻子，挂念在心。
既无钱用，又不安心，饥寒交迫，万苦千辛。
万恶官长，太无人情，年年月月，克扣薪金。
为谁辛苦，你也分明，受人打骂，太过不平。
军阀混战，为争地盘，带花[②]替死，是你士兵。
苛捐杂税，剥削穷人，代表利益，地主豪绅。
亲爱士兵，你要认清，共产主张，专为穷人。
没收资本，打倒豪绅，铲除痛苦，解放自身。
设苏维埃，工农士兵，打倒反动，有田地分。
革命兄弟，拖枪来临，同打土劣，相爱如亲。
消灭军阀，才得太平，阶级斗争，才有出身[③]。

忠告白军士兵歌[④]

残酷的命令迫着，伤民的主义骗着，
猪狗样待遇过着，牛马样的使用着，

---

① 还魂：这里指清醒、觉悟。
② 带花：旧时军队把战斗中受伤称为带花。
③ 出身：这里指前途、出路。
④ 本歌为红军在上杭县珊瑚乡留下的墙头歌谣。

好苦呵！白军真正苦。
细想起来，无论谁都要痛哭！

先向你知己忠告，再把你武装整好，
把反动官长杀掉，更把你弟兄号召，
反过来！过来真正好。
变成红军，才是你们的出路。

工人监资农分田，工农建立苏维埃，
民权革命先完成，社会主义在面前，
快乐呀！快乐真正多。
革命成功，工农士兵掌政权。

白军叹五更

一更里来月未升，
替他儿子，捉我当衙兵，
几多银钱随手拿，
千金生命，生命一毛轻。

二更里来月初光，
身靠营门，营门站哨岗，
长官都在房中睡，
独我士兵，士兵受凄凉。

三更里来月正光，
独我士兵，士兵上战场，

妻子梦中来会我,
爷娘床上,床上泪汪汪。

四更里来月转西,
想起那战争,战争真惨凄,
炮火连天烟满野,
尸首遍地,遍地血染泥。

五更里来月西沉,
恨不得回家,回家好团圆,
不怕强盗来欺我,
拼个死活,总要回转程。

当白军苦楚歌

(阮山烈士遗作)

白军士兵听端详,东飘西荡无屋场[1],
因为家中受贫苦,无可奈何去食粮[2]。

天一亮来就起床,脸还没洗手拿枪,
哨子一吹就排队,受苦还无好下场。

当兵阿哥无主张[3],军阀压迫实难当,
一日只食两餐饭,被踢被打还骂娘。

---

[1] 无屋场:没个住宿落脚的地方。
[2] 去食粮:去求口饭吃。
[3] 无主张:无权,无尊严。

喇叭一吹心作慌，半夜奉命上战场，
升官发财官长得，枪炮子弹你们挡。

打生打死为何人？为了军阀和豪绅，
有点好处你无分，安乐享福官长们。

头一苦来当兵郎，不见妻子不见娘，
心想回家无盘费①，日日思念转家乡。

脚步踏差当白军，当到白军没出身，
官长克扣士兵饷，吞食饷银无冤申。

白军士兵莫呆痴，官长骗你还不知，
掉转枪口射官长，为民除害莫疑迟。

开片云来开片天，红军分给十块钱，
将钱拿来做盘费，回家革命有分田。

白军士兵真苦辛，赶快拖枪回家庭，
要当红军受欢迎，参加红军有出身。

---

① 盘费：路费。

团丁歌

（阮山烈士遗作）

团丁本是工农们，苦食苦穿家里贫；
土豪劣绅来欺骗，拿枪送死保别人。

团丁阿哥主意差，拿枪保护有钱侪；
一日只食二餐饭，天晴落雨要巡查。

天子一光就起床，清早放哨苦难当；
团总睡了半上昼，不管团丁病与亡。

想起团丁刈心肠，离别妻子丢别娘；
夜夜睡个硬板床，餐餐食个擦菜[①]汤。

团总办事昧良心，苛捐派米无钱人；
恶事派给团丁做，安乐享福自己吞。

日头一出照高楼，团丁阿哥快回头；
好处都是团总得，冲锋出阵你带头。

你也穷来我也穷，穷人痛苦一般同；
团丁要想除痛苦，快快起来助工农。

团丁阿哥莫敢昏，快快回头当红军；

---

① 擦菜：咸菜。

倒转枪头杀反动,革命才会有出身①。

拖枪过来当红军

白军士兵,都是工农;因受剥削,所以贫穷。
为谋生计,才去当兵;抛弃家室,奔走东西。
白军官长,诡计满胸;专骗你们,打仗冲锋。
打了回来,异常不公;你们出力,他们得功。
上级军官,财运亨通;未到几时,便成富翁。
出入坐轿,大摆威风;娶姨太太,快乐无穷。
只有你们,真正苦痛;一年到头,毫无钱用。
打仗死亡,性命白送;一切自由,被人操纵。
希望你们,莫再做梦;快快觉悟,实行暴动。
拖枪过来,帮助工农;解放自己,解放群众。
红军里头,待遇极公;吃穿发饷,官兵相同。
自由平等,有始有终;欢迎你们,反水投红②。

劝白军投诚歌

脸上牙齿贴嘴唇,黄连苦瓜共出身;
莫去糯米打糍粑,自家人伤自家人。

鸡啼鬼哭各个音,两种军队两种人;
白军专欺老百姓,红军一心爱人民。

---

① 有出身:有前途。
② 反水投红:反水,反叛,即起义;投红,投奔红军。

铜锣一打就知音,事实一讲理就明;
红军官兵都一致,白军官长打士兵。

杀人放火白匪军,偷鸡摸狗害人民;
流氓"烂崽"百姓恨,脚骨打断命归阴。

柳树开花无结芯,屋下①大小泪淋淋;
老婆子女讨饭吃,家中父母谁可怜。

官长打你全伤痕,鸭食田螺忍气吞;
脸青鼻肿一身疤,样般有面②见双亲。

红军优待俘虏兵,不打不骂不搜身;
你想回家结团圆,发给路费转家庭。

好锣一锤就定音,油灯一拨火就明;
弃暗投明是出路,调转枪口早投诚。

好人坏人要分清,快刀破竹两片分;
白军士兵穷兄弟,欢迎你们当红军。

---

① 屋下:客家话,即家中。
② 样般有面:客家话,怎样有脸。

九、支援红军打天下

红军行军歌

当兵就要当红军，处处工农来欢迎；
官长士兵都一样，没有人来压迫人。

当兵就要当红军，只为工农打敌人；
买办豪绅和地主，杀他一个不留情！

当兵就要当红军，退伍下来不愁贫；
会做工的有工做，会耕田的有田耕。

当兵就要当红军，冲锋陷阵杀敌人；
消灭反动国民党，民权革命快完成。

红军纪律歌

红军纪律最严明，爱护群众们：
公买卖，不相欺，处处要当心。
工农如兄弟，劳苦更相亲。
讲话要和气，开口不骂人。
无产阶级，劳动群众，个个都欢迎。

出发与宿营，样样要记清：
捆禾草，上门板，房子扫干净。
借物要送还，损失要赔银。

大便找厕所，洗澡避女人。
三大纪律，六项注意，大家照此行。

工农红军学校毕业歌

革命潮流正高涨，我们学业成；
拿起枪炮上前线，奋勇不顾身。
领导战斗员，配合工农兵。
巩固革命根据地，开展革命的战争。
曙光在前，革命胜利要争先。

全国红旗要插遍，愈艰苦愈有劲。
列宁主义者，工农的先锋，
封建主义军阀残余，一切都肃清；
纪律似铁坚，命令就执行，
看这最后的斗争，胜利属我们。

支援红军打天下

满山羊角开红花，苏区妇女学犁耙；
手扶犁耙弯弯转，学好劳动当好家。

学好劳动当好家，支援红军打天下；
早起三朝当一工，新开山田接彩霞。

新开山田接彩霞，军民汗水浇灌它；
种出大米白又香，种出番薯甜又大。

一轮红日放光华，冲锋杀敌力量大。
军民衣食都富足，共产世界照万家。

锄头当作刀枪用

开熟荒，开生荒①，扛起锄头上山岗。
锄头当作刀枪用，荒田荒地当战场。
一心只为多增产，支援红军打胜仗。
早起三朝当一工，大家赶快打前锋。
春耕计划完成好，劳动人民唔会穷。

慰劳伤病员

一劝伤病员，同志哥啊，你在前方有决心，
勇敢冲锋来作战，即使受伤也光荣。

二劝伤病员，告诉你啊，为着工农谋利益，
受伤受病有价值，大家都来慰劳你。

三劝伤病员，同志们啊，到了医院要专心，
心中莫去乱思想，放落心来养伤病。

四劝伤病员，小心医啊，大家小心招待你，
医治伤病赶快好，还有保养你身体。
……

---

① 开熟荒，开生荒：原来是农地，后来抛荒，今重新开垦，称为开熟荒；向来是荒地，今予开垦，称为开生荒。

七劝伤病员，认真医啊，即使残废不要紧，
国家成立残废院，抚恤金钱养精神。

八劝伤病员，莫念家啊，家中田地有优待，
什么工作有帮助，政府还要保护你。

九劝伤病员，赶快好啊，敌人五次来"围剿"，
好了倒转前方去，粉碎敌人的"围剿"。

十劝伤病员，劝完哩啊，大家一致前方去，
打倒军阀国民党，帝国主义赶出去。

真正革命到这路

——蛟洋红军医院的墙板诗[①]

我是赣南宁都[②]住，真正革命到这路。
军长下令要包围，一心打倒陈国辉。
走上马路速冲锋，反贼尽死江河中。
我军得胜希望大，陈贼全部都失败[③]。

---

① 这是一首当年受到毛泽东同志称赞的红军战士的墙板诗。1929年7月中旬，毛泽东同志第二次到蛟洋红军后方医院，看到病房的屏扇上面的这首诗，边读边点头，连声说好，便询问作诗的战士。战士说，他是江西宁都人，原来名字叫姜贤文，参加革命时，拿共产主义的"产"字上下各一半拆开来，改名"立生"。毛主席赞扬说：这名字改得好，诗也是写得不错。标题为编者所加。

② 宁都：江西省宁都县，原中央苏区县。

③ 指1929年5月，毛泽东、朱德率红四军攻打龙岩城，一举消灭敌陈国辉部，龙岩城一度解放。

心在革命不在家,谁知龙岩带了花[①]。
我伤非小不相当[②],副官吩咐到此坊。
总要共产到成功,我辈青年把田分。

工农红军到古田

日头一出红满天,迎来一九二九年;
农历四月十四日,工农红军到古田。

工农红军到古田,民众排队来欢迎;
工农武装力量大,活捉民团一个连。

工农红军到古田,贫苦农民笑连连;
打开千年铁锁链,口唱山歌心里甜。

工农红军到古田,又打土豪又分田;
穷人翻身得解放,从此翻身日子甜。

工农红军到古田,贫苦农民分到田;
高举红旗闹革命,劳苦大众掌政权。

工农红军到古田,立马开拨打龙岩;
一打就打大胜仗,欢天喜地捷报传。

---

① 带了花:负了伤。
② 不相当:不太当回事。

工农红军到古田，朱德军长作宣传；
号召工农团结起，扩大红军保政权。

第一次革命战争胜利歌①

同志们抖擞精神，唱个歌儿听，
万恶敌人，第一次来进攻革命。

工农兵配合力量，龙岗打一仗，
缴枪无数，活捉了军阀张辉瓒②。

转头来再打东韶③，谭逆④打败逃，
公罗许毛⑤，只吓得个个向后跑。

鲁胖子⑥折将损兵，哭得不要命，
无面见人，没奈何辞职原籍养病。

---

① 第一次革命战争：指1930年11月至1931年1月，粉碎国民党对中央苏区发动的第一次反革命"围剿"。

② 张辉瓒：国民党"围剿"前线指挥，主力师的师长，在龙岗战斗中被活捉。

③ 龙岗、东韶：江西苏区发生过反"围剿"战斗的地名。

④ 谭逆：指国民党陆军第五十师师长谭道源。

⑤ 公罗许毛：指国民党陆军新编第五师师长公秉藩、第七十七师师长罗霖、第二十四师师长许克祥、第八师师长毛炳文。

⑥ 鲁胖子：指鲁涤平。鲁涤平（1887—1935），湖南宁乡人，曾任民国湖南省政府主席、江西省政府主席，多次指挥"剿共"失败。

蒋介石胆破心惊，再派何应钦①，
加调白军，第二次来进攻革命。

第二期革命战争，为时间迫近，
工农红军，齐努力准备打敌人。

哪怕他弹雨枪林，勇敢向前进，
消灭敌人，活捉那跛子何应钦。

这一场革命战争，胜利拿得稳，
政治局面，要从此来一个转变。

到那时敌人退避，困守孤城里，
赤色势力，齐进攻四面暴动起。

推翻那反动政权，解放工农兵，
革命完成，大家来同声歌太平。

第二次革命战争② 胜利歌

工农革命新高涨，工农红军有力量，
共产党最好主张，哎哟，哎哟，
共产党最好主张。

---

① 何应钦（1890年4月—1987年10月）：字敬之，贵州省兴义人，国民党陆军一级上将。

② 第二次革命战争：指1931年4月至5月粉碎蒋介石发动的第二次反革命"围剿"。

国民党军阀蒋介石,坐在南京大害怕,
大调兵镇压革命,哎哟,哎哟,
大调兵镇压革命。

一次派来鲁涤平,二次派来何应钦,
到江西屠杀革命,哎哟,哎哟,
到江西屠杀革命。

龙岗活捉张辉瓒,富田[①]活捉公秉藩[②],
我红军追到水南[③],哎哟,哎哟,
我红军追到水南。

水南残部都缴枪,赶到永丰[④]打敌人,
多缴枪发给贫民,哎哟,哎哟,
多缴枪发给贫民。

这次缴到数万枪,土地革命更保障,
苏维埃巩固发展,哎哟,哎哟,
苏维埃巩固发展。

[①] 富田:江西苏区在第二次反"围剿"中发生过战斗的地名。
[②] 公秉藩(1900—1982):字屏轩,陕西扶风人。1931年5月,任国民党陆军第二十八师师长,在"围剿"红军时被俘,后诈欺而逃。
[③] 水南:江西苏区在第二次反"围剿"中发生过战斗的地名。
[④] 永丰:江西苏区在第二次反"围剿"中发生过战斗的地名。

我们就是得了胜,还要继续向前进,
把敌人完全肃清,哎哟,哎哟,
把敌人完全肃清。

消灭敌人要坚决,靖卫团①匪要肃清,
免得他捣乱革命,哎哟,哎哟,
免得他捣乱革命。

投机分子真不要,赤色区域来造谣,
调查了把他打倒,哎哟,哎哟,
调查了把他打倒。

AB团②是反革命,勾结白匪打红军,
他想来破坏革命,哎哟,哎哟,
他想来破坏革命。

---

① 靖卫团:土地革命战争时期国民党的反动地方武装。

② AB团:英文Anti-Bolshevik(反布尔什维克)的缩写,全称为"AB反赤团",是1926年12月在蒋介石、陈果夫的支持下,于江西南昌建立的国民党右派组织。1930年3—5月,在江西苏区的莲花、安福、兴国等地发现了所谓"改组派AB团";10月,红军攻下吉安时,又发现几年前的"AB团"旗帜、印章,便引起赣西南特委的高度重视,不仅发出动员党员群众彻底肃清"AB团"的紧急通告,而且捉拿被怀疑的对象大搞逼供信,造成一批冤假错案,后得纠正。

从四次"围剿"到五次"围剿"[1]

（阮山烈士遗作）

一

打败敌人百万兵，黄陂一仗更惊人；
红军英勇传天下，师长生擒到两名[2]。
蒋介石，罗卓英[3]，南昌督战哭伤心；
陈诚[4]缩入乌龟壳，泥像过河难保身。

二

粉碎围攻第四回，国民狗党命垂危；
革命势力大发展，残酷战争又前来。

殖民地，苏维埃，两条道路看清来；
自由独立新中国，障碍重重待打开。

三

反动狗子宋子文[5]，出洋借款转南京；
购买飞机毒气炮，轰炸苏区不稍停。

---

[1] 四次"围剿"到五次"围剿"：指1933年2—3月的粉碎第四次反革命"围剿"和1933年9月—1934年10月的反第五次反革命"围剿"。

[2] 师长生擒到两名：即国民党陆军第五十二师师长李明、第五十九师师长陈时骥。

[3] 罗卓英（1896—1961）：广东大埔县百侯镇人，国民党陆军上将。

[4] 陈诚（1898—1965）：浙江青田人，国民党军一级上将。历任台湾省政府主席、国民党副总裁、台湾地区"行政院长"等职。

[5] 宋子文（1894—1971）：出生于上海，历任国民党财政部长、外交部长、行政院长等职。

阶级恨，日加深，满腔热血沸腾腾；
防空防毒多加紧，扩大红军更决心。

四

"耕者有田"不是真，"劳资妥协"更闲情；
"改良"欺骗无人信，武断宣传白用心。

蓝衣社①，结狐群，企图瓦解我红军；
检查路票须严密，肃反机关莫放轻。

五

争取江西胜利中，红军个个显英雄；
南昌一打长江动，邻近苏区一片红。

英日法，海陆空，在华势力不相容；
快些准备来驱逐，扩大红军莫放松。

六

打击贪污浪费侪，免他发展害公家；

---

① 蓝衣社：土地革命时期在苏区认为是国民党的特务组织。但据资料，"蓝衣社"可能并未存在过。而真正的蒋介石麾下的黄埔系军人组织叫"三民主义力行社"，其中到处杀人越货、密捕刑侦的是"三民主义力行社特务处"。力行社及其特务处又是极端机密的组织，外间人不明底细，就把它们与传闻中的"蓝衣社"混为一谈了。

每天各省一铜片①,整个苏区更不差。

合作社,顶呱呱,快将生产去增加;
消费合作多帮助,胜利当然不用夸。

七
新做草鞋簇簇新,一针一线为红军;
女工农妇多先进,到处宣传领导人。

三十万双②要完成,区乡竞赛用精神;
争先慰劳红军去,消灭敌人好乐心。

八
优待红军条例多,执行优待莫辞劳;
红军家属有优待,归队红军不用拖。

同志嫂,笑呵呵,随时报告红军哥:
"家中一切皆充足,祝你前方唱凯歌!"

九
文化提高到水平,目前政治也分明;
工农群众皆兴奋,个个拳头向敌人。

---

① 每天各省一铜片:铜片即铜板、铜钱。当时苏区号召每人每天节省一个铜板。

② 三十万双:编制三十万双草鞋的任务。

上前线，当红军，大家一刻不留停；
上杭兴国做模范①，自求解放要热情。

十

扩大红军总动员，逃兵归队各争先；
敌人五次新"围剿"，惨败依然不可免。

赤地外，白区边，双方炮火响连天；
生擒蒋贼来生剐，献给工农大众前。

反五次"围剿"歌

粉碎五次"围剿"，残酷激战就来了。
成千成万壮勇青年响应上前线，
我们要做牢不可破的坚强部队，
拿起梭镖枪炮到游击队。
努力，努力，粉碎敌人进攻；
勇敢，勇敢，发展游击战争。
保卫自己，粉碎敌人，帮烈军属，
激战胜利一定是我们。

反日救国歌

我军北伐，长驱山东，革命快成功。
日本出兵，杀我将士，炮轰我民众。

---

① 做模范：当年上杭才溪乡被评为中央苏区模范乡，江西兴国县被评为中央苏区模范县。

血肉横飞，尸骨遍野，惨状难形容。
千钧一发，救国救民，大家要奋勇。

欢送红军歌

红旗飘扬，鼓声咚咚，
战士们好英勇，
我们在此立正敬礼，唱歌来欢送。
祝你们前方去，
消灭敌人，大举进攻。
瞄准放，放放放！
勇敢冲，冲冲冲！
向前杀，杀杀杀！
杀尽敌人立大功。

十、铁打江山红万年

共产党的好处（三句半）

（阮山烈士遗作）

闽西十一县①，不信别人骗，
单信共产党，普遍。

穷人无所望，拥护共产党，
分谷又分田，快爽。

烧毁县衙门，烧监又拆城，
谁人的力量？红军。

苏维埃政权，建立各乡间，
无压迫阶级，自然。

不要税与捐，商家好赚钱，
无愁又无急，神仙。

好处讲唔尽，大家爱认真，
共产成功日，太平。

---

① 十一县：指当时的龙岩、漳平、宁洋、长汀、宁化、清流、归化、连城、上杭、武平、永定等十一县。

红五月歌

伟大红色五月节,世界工人大团结,
示威反抗资本家,年年吸吮劳工血。

伟大红色五月节,炮轰济南大流血,
五卅惨案①记在心,打倒列强报先烈。

伟大红色五月节,学生运动真热烈,
创造文化新教育,青年兄弟要努力。

伟大红色五月节,革命导师诞生日,
阶级斗争无懈怠,革命理论须学习。

伟大红色五月节,五月九日国耻节②,

---

① 五卅惨案:1925 年 5 月 30 日,上海学生两千余人到租界抗议日本纱厂镇压工人大罢工并打死工人顾正红,声援工人大罢工,号召收回租界,被英国巡捕逮捕一百余人。当日下午万余群众聚集英租界,要求释放被捕学生,高呼"打倒帝国主义"等口号。英国巡捕竟开枪射击,当场打死十三人,重伤数十人,逮捕一百五十余人,造成震惊中外的五卅惨案。

② 国耻节:1915 年 5 月 9 日,袁世凯经与日本长达 105 天的谈判之后,被迫接受日本《二十一条》中的十二条内容。条约签订后,全国教育联合会决定,各学校每年以 5 月 9 日为"国耻纪念日",警励国人誓雪国耻。这一天便被称为"国耻节"。

二十一条①莫忘记，此仇此耻终须雪。

伟大红色五月节，五卅上海大流血，
不到成功业不休，切莫忘了五月节。

广暴②纪念歌

公元一九二七年，广东地方开片天；
十二月十一闹暴动，工农兵士各争先。

国民狗党改组派③，改良欺骗顶古怪；
好好一个鬼面壳，广暴以后就拉坏④。

---

① 二十一条：1915年1月18日，日本驻华公使向袁世凯递交二十一条要求，要求"尽速答复"，历时五个月交涉，企图迫使袁世凯政府签订，欲把中国的领土、政治、军事及财政等都置于日本的控制之下。后经中日协商，袁世凯被迫签订不平等条约《中日民四条约》。1945年日本投降后，该条约被彻底废除。

② 广暴：指广州暴动，即广州起义。1927年12月11日中国共产党在广州领导工人、农民和革命士兵举行反抗国民党反动派的武装起义，是继南昌起义、秋收起义之后，对国民党反动派的又一次英勇反击，是在城市建立苏维埃政权的大胆尝试，在国内外都引起了很大的震动。经三天浴血奋战，因敌我力量悬殊，起义失败。

③ 改组派：1927年蒋介石发动"四一二"反革命政变后，国民党内部矛盾更加尖锐。1928年，陈公博、顾孟余在上海成立中国国民党改组同志会总部，奉汪精卫为领袖，以陈公博为总负责人，企图通过改组国民党，与蒋介石争夺党权和政权，起兵讨蒋。汪精卫还在北平宣布成立新的国民政府，后因军事失败而瓦解。此后，改组派作为一个政治组织，于1931年初被汪精卫宣布解散。

④ 拉坏：变坏，变得更坏。

改组派内汪与张,听到广暴就发慌;
调动白军来镇压,刽子手是黄琪翔①。

广暴纪念四周年,发动工农百万千;
各拿经验和教训,建立苏维埃政权。

虽然三天就失败,革命工农更向前;
中国苏维埃政权,广东建立算最先。

工农力量极伟大,广暴推翻改组派;
今年军阀蒋介石,三次进攻更惨败。

全苏大会②开完成,出席代表笑盈盈;
今日回来作报告,工农开会尽欢迎。

中华苏维埃中央,庆祝成立势更强;
统一指挥来发展,国民政府快死亡。

帝国主义真真凶,指示军阀来进攻;

---

① 黄琪翔(1898—1970):广东梅县人。中国农工民主党创建人和领导人之一,国民党陆军上将。

② 全苏大会:中华工农兵苏维埃第一次全国代表大会于1931年11月7日至20日在江西瑞金召开,到会代表600余人。会议宣布成立中华苏维埃共和国临时中央政府,选举毛泽东、周恩来、朱德等46人为中央执行委员,毛泽东为主席。

供给飞机和大炮，飞机轰炸一片红。

帝国主义日本兵，进攻苏联更野心；
先来占据东三省，被杀工农算不清。

经济破产到农村，苏区群众看分明；
国民狗党统治下，现有灾民万万人。

帝国主义国民党，摧残革命共一样；
更加团结打倒他，工农兵士就解放。

巩固发展苏维埃，劳苦工农快快来；
自动加入红军去，先把团匪杀一回。

纪念广暴庆祝中央政府成立欢迎全苏大会杭武筹备委员会印

一九三一年十二月十一日

拥护全苏大会歌

中华全国苏维埃，代表大会十月开①，
革命斗争经验高，工农领袖踊跃来。

千万年来做牛马，苏区工农免忧愁，
今日庄严开大会，定出法令喜出头。

---

① 十月开：中华工农兵苏维埃第一次全国代表大会，于1931年11月7日苏联十月革命节时在江西瑞金召开。

建立中华苏维埃，国党一定要推翻，
争取几省先胜利，国党灭亡就到来。

十月革命十四年，五年建设就完成，
全苏大会在开幕，庆祝欢呼几万千。

帝国主义国民党，革命危机更恐慌，
日兵连占东三省，世界大战更紧张。

军阀团匪来进攻，残酷失败还称雄，
企图再来更残酷，混合政府像作梦。

全体动员为工农，加紧创造铁红军，
英勇工农自动去，扩大革命主力军。

创造建立苏维埃，流氓富农滚出来，
保障中央来领导，肃清社党改组派。

各种法令为工农，工农兵士解放同，
国民狗党待毙命，帝国主义等结终。

大会成功振中华，白区工农更奋发，
准备全国大暴动，建立红色新国家。

中国疆域歌

中国境内领土多，听我唱个疆域歌。
直隶境内风景好，万里长城永建牢。
山海关外是奉天，凤城遥接柳条边。
奉天东北有吉林，森林千里绿成荫。
吉林西北黑龙江，白山黑水道路长。
直隶之南是山东，孔孟都生此省中。
山东南境接江苏，东临黄海南太湖。
江苏之西是安徽，产茶产米土地肥。
安徽南面有江西，庐山鄱阳风景奇。
浙江年年听海潮，西湖秀丽雁荡高。
福建更在浙江南，闽江环抱武夷山。
福建台湾两相望，风景胜地日月潭。
福建西南接广东，梅开庾岭晚霞红。
广西边塞有龙场，阳明①遗爱莫能忘。
广西之西有云南，滇池柳色雨中看。
云南北去入四川，夔门剑阁隔云烟。
更从巴蜀下襄阳，湖北名城数武昌。
洞庭飞渡入湖南，七泽三湖雁阵寒。
湖南西境接贵州，山田禾麦绿油油。
山西省有太行山，战史争传娘子关。
河南名都有洛阳，万花如锦月如霜。
潼关之西为陕西，华山秦岭与天齐。

---

① 阳明：指王阳明。名王守仁，字伯安，别号阳明。浙江绍兴余姚人，明代著名思想家、文学家、哲学家和军事家。

又从陕西入甘肃,青海在西蒙古北。
新疆大河塔里木,河水包环大沙漠。
京兆境内旧国都,西山遥对昆明湖。
热河绥远察哈尔①,民国改为特别区。
广袤川边与西藏,南海波连一串珠。
港澳待雪百年耻,合成中华舆地图。

共产三字经

马克思,倡共产。无产者,被唤醒。其宗旨,真真好。众同志,听我讲。崇列宁,作主脑。铲专制,不停手。普教育,设学校。不要钱,贴油火。只要你,来上课。读哩书,真是好。儿童们,莫空过。什么事,都会做。写信账,不求人。拿起笔,不费心。不识字,真可怜。打开眼,不识丁。看书报,目盯盯。不读书,真苦情。劝大家,早醒悟。读了书,除痛苦。也不论,男和女。肯来读,都欢喜。快快来,莫自误。读到书,有好处。也能走,革命路。知识开,学力富。明主义,达宗旨。行共产,是出路。新军阀,国民党。民脂膏,都不顾。刮民钱,饱兜肚。蒋介石,白贼首。阎锡山,汪精卫。冯玉祥,奉与桂。分五派,见各异。同帝国,做走狗。杀工农,刽子手。争地盘,日用武。使中原,无净土。枪如林,弹如雨。工农兵,壑沟毙。军阀们,富不富?银堆山,金满库。美衣食,豪居屋。惟下僚,不知耻。想升官,多用贿。当士卒,就是苦。无饷②发,勤服务。派捐款,真可恶。一年中,好几次。刮地皮,百般计。借

---

① 热河、绥远、察哈尔:均为民国时期北方省名。
② 饷:军饷,国民党军人的工资。

钱粮,"剿共"费①。公债来,年关至。烟灶捐,税关处。害得人,无米煮。百货捐,商家苦。屠宰局,厘卡署。硝黄局,并盐务。抽赌规,税防务。印花税,烟与酒。又还有,花捐署。多杂款,实难数。派差役,下乡去。狐假威,如狼虎。见善良,用敲手。不讲公,先卖赂。诈到钱,只饱肚。每日里,无事务。打麻将,食花酒。吸大烟,尤重务。借行军,强拉伕。不管那,农工贾②。有钱的,买得脱。无钱的,长走路。更可伤,兵如狼。不约束,窜下乡。非淫奸,即掳抢。常杀人,并焚房。弄得人,家破亡。此残酷,谁能当?白贼恶,难记了。同志们,晓不晓?乡中间,有土豪。放恶账,利息高。每月算,三分息。过年到,来催讨。半分毫,唔肯少。穷债户,唔得过。无钱还,势难逃。利上利③,命都无。田山屋,算无几。耕他田,租加起。欠租谷,要算利。讲土豪,十分气。他的家,剥削起。占财产,谋风水。压迫人,专用势。穿的鲜,食的美。住洋楼,蓄奴婢。歹恶心,随时起。视工农,性命轻。土豪外,有劣绅。乡村中,每横行。公益事,无点心。社会上,欺贫民。使人斗,族人争④。教唆讼⑤,他本领。吞公款,尤常情。设团防,招团丁。到外面,骚扰人。保土豪,勾白军。有杂款⑥,帮他征。做万恶,不自晓。为军阀,当走狗。像狐狸,不知丑。只想要,钱上手。世界上,大不同。最苦的,是工农。天天做,无闲工。

---

① "剿共"费:围剿苏区的费用。
② 贾:商贾,做生意的人。
③ 利上利:利息放进本金中,接下去也计利息。
④ 使人斗,族人争:在百姓中挑拨离间引起争斗从中渔利。
⑤ 教唆讼:唆使人打官司。
⑥ 杂款:苛捐杂税。

早晨起，到夜晡。从年头，透年终。衣不厚，食不丰。挨饥饿，受寒冻。工农们，被人蒙。土豪劣，恶主东。剥削你，不放松。工钱减，租加重。抬谷价，像岭嵊①。

中国人，四万万。穷人俦，过大半。大家想，行共产。朱军长，先在赣。举红旗，真灿烂。有红军，几十万。讲打仗，绝勇敢。救闽人，才离赣。去年春，到长汀。灭军阀，郭凤鸣。龙岩去，更胜利。枪都缴，兵投诚。只走脱，卢新铭。又消灭，第一旅。陈国辉，逃命去。震闽西，普遍地。使工农，回生气。五月间，到此地。军有纪，法严明。汀属人，壶水迎②。工农兵，团结起。无产者，大欢喜。各乡立，农协会。焚借约，烧田契。打土豪，分田地。杀反动，无客气。苏维埃，是政府。县区乡，都设有。为地方，除痛苦。群众们，要拥护。联苏俄，更巩固。无贵贱，无贫富。重民权，新制度。妇女们，更好处。行平等，非比旧。讲婚姻，应自由。改时装，新潮流。旧礼教，尽革除。八月间，破上杭。卢逆③贼，走慌忙。士卒呀，尽丢枪。反动派，杀一场。服人心，快民望。又出师，广东省。助金逆④，刘和鼎。称会剿，连三省。谁知道，豆腐乳。我红军，真威猛。吓得他，泻粪缸。现势力，更称强。红旗帜，飘四方。金汉鼎，败几场。无狗脸，走北上。周志群，无主张。变改组，太猖狂。同金逆，自相戕。张贞呀，怨又羞。战败了，归漳州。

---

① 指谷价，像岭嵊：哄抬谷价，像上山一样上涨。

② 壶水迎：《孟子·梁惠王上》有"箪食壶浆"成语，意思是百姓用箪盛饭，用壶盛汤来欢迎他们爱戴的军队。这里"壶水迎"，即形容红军受到群众热烈拥护和欢迎。

③ 卢逆：指军阀卢新铭。

④ 金逆：指军阀金汉鼎。

赤区域，日扩大。到全国，也就快。群众们，心要坚。总暴动，在目前。进大同，乐如仙。大家有，自由权。祝共产，万万年！

工农三字经

天地间，人最灵，创造者，工农兵，男和女，总是人，一不平，大家鸣，工人们，劳不停，苦工做，晨到昏，得工钱，数百文，稍不是，棍棒临，好凄惨，不做声，若反抗，死得成，赚红利，厂主吞，工人们，毫无分。农人苦，说不尽，租税重，难生存，阳光晒，暑气蒸，血汗尽，皮包身，一年苦，望秋成，租和债，还不清，少一粒，就不行，没办法，求饶情。地主们，豺狼心，情无饶，压迫增，衙役到，要捉人，畏苛刑，卖子孙，苦一年，剩只身，饥寒迫，无处行，血汗钱，剥削尽。没出路，去当兵，初入伍，班长咛，给洋枪，嘱小心，官长令，须听遵，若违抗，要杀身，打仗时，要前进，若退后，军纪绳①。这些例，理所定，无论谁，当承认，可是那，官长们，把饷项，一概吞，打麻将，抱娼眠，买田地，起官厅②，把士兵，不当人，稍不是，打骂临，打仗时，炮轰身，打败仗，罪归兵，打胜仗，官长功，权到手，要裁兵，遣兵费，两毫银，路途远，归不成，霜雪加，饥寒并，要讨吃，身难行，僵卧地，泪满襟，早知道，军阀心，悔当初，莫当兵。

如今好，红军兴，官兵伕，互相亲，吃穿用，一样同，官长们，不打兵，苏维埃，代养亲，回家后，有田分。这样军，

---

① 军纪绳：绳之以军纪，即以军纪处理。
② 起官厅：建大房屋。

去当兵，虽牺牲，也甘心，有钱的，压迫人，不做事，吃现成，此等事，最不平，无可忍，团结心，入共党，当红军，打土豪，除劣绅，毙军阀，莫容情，阶级敌，一扫清。世界上，一样人，人类中，永无争，大同现，享安宁。此等事，非现成，全靠我，工农兵，努力干，齐起劲。工友们，成工会，减时间，增工银；农友们，立农会，打土豪，把田分；士兵们，团结起，拖起枪，到红军。工农兵，携手行，革命事，功业成，享快乐，歌太平。

闽西工农银行歌谣

（革命烈士阮山遗作）

设立工农银行歌[①]

帝国主义主意深，滥发纸币准现金[②]，
设立银行收存款，将钱放利剥削人。

目前闽西的地方，市面金融渐恐慌，
现金日见流出去，影响工农影响商。

现在革命已高潮，帝国主义根本摇，
资本银行和企业，不久一概会没收。

资本银行一没收，纸票无用命都休，
唯有工农银行的纸票，通用一样收。

[①] 闽西工农银行建于1930年11月7日，当时计划集20万股，每股股金1元，共需筹集资金20万元。

[②] 准现金：准，客家话，意为当作、抵。准现金，当作现金、抵现金。

全国总暴动时期，纸币变成废纸哩，
自己银行快设起，储存现款挽危机。

零星金钱大家有，集腋起来可成裘，
组织银行力量大，爱惜爱货容易求。

工农银行设起来，实行低利的借贷，
借款容易利钱少，大家欢喜心就开。

金钱集中本应该，革命群众认真来，
全体动员加入去，快快捷捷拿出来。

工农银行周年纪念歌

银行出世在龙岩，各县工农尽喜欢。
现在汀州开纪念，欢迎群众来参观。

银行纪念一周年，群众参观几万千。
银塔金牌真好看，人人都说金光闪。

彩红花镜赛琳琅，团体机关赠送忙。
希望银行加扩大，社会主义做栋梁。

社会主义争前途，经济中心不可无。
组织多多合作社，银行帮助各乡区。

工农群众有银行，借贷唔愁无地方。

低利六厘真正好，工农合作爱分详。

赤色闽西廿万家，一家一股不为差。
工农踊跃加入股，资本天天只见加。

工农自己设银行，纸票通行各地方。
到处都有兑换处，随时可以换光洋。

阶级银行势力强，推翻封建吃人王。
一般剥削悲劳动，最近将来必灭亡。

苏联革命十四年，经济发展一天天。
工农银行实在好，劳苦工农快动员。

拥护全苏开大会，工农群众更争先。
创造中华红十月，庆祝欢呼万万年。

第三辑　关于游击战争的歌谣

游击歌

（汪光窗[①]遗作）

游击游击，神出鬼没，来无踪影，去无痕迹。
调虎离山，声东击西，打得敌人，落花流水。
游击游击，游遍闽西，化整为零，化零为整。
分化瓦解，白皮红心，游击战术，光辉不灭。

七一公园[②]大学校

七一公园好地方，冬季温暖夏天凉；
煮饭还有"自来水"[③]，中间又有大操场。

[①] 汪光窗：时为游击队短枪班班长，后来提为连指导员。解放战争时，在永定南溪战役中英勇牺牲。

[②] 七一公园：1944年10月25日，王涛支队在上杭永定交界处的梅镇乡楮树坪正式成立。后便把楮树坪誉称为"七一公园"。

[③] "自来水"：指竹笕引来的山泉水。

老货司令刘永生①，教俚拿枪瞄准星；
保安团贼团团转，只因王涛②又再生。

老货战术用得巧，仲平③教文有成效；
毕真④编报写传单，七一公园大学校。

五唱野菜

（革命烈士范乐春⑤遗作）

一唱野菜宝中宝，香菇竹笋是珍肴；

---

① 刘永生（1904—1984）：上杭县稔田镇严坑村人，从小尝尽人间苦楚。1927年秋参加革命，先后任县赤卫大队长、省军区独八师第八团团长、省军区警卫营营长。主力红军长征后，他坚持三年艰苦的游击战争。解放战争期间，他仍率领人民武装对闽西国民党统治展开游击战争，是"游击队神奇人物"，广大干群亲切地称他为"老货"。

② 王涛：原名王祖英，1908年出生于湖南江华县沱江镇的一个小地主家庭。1923年就学于湖南省立甲种工业学校，1925年加入中国共产党，是我党早期的共产党员之一。1927年赴苏联莫斯科中山大学学习，1929年学成回国。先后担任湘南特委书记、中央党校军事政治教员、陕北省委统战部部长、陕甘宁边区党委统战部副部长、湖南省委组织部部长等职，参加过长征。1940年底奉命任中共南方工作委员兼闽西特委书记，领导闽西人民革命斗争。同年9月21日，因叛徒告密遭敌人伏击壮烈牺牲，年仅33岁。

③ 仲平：指当时王涛支队领导人之一的陈仲平。

④ 毕真：指当时王涛支队领导人之一的谢毕真。

⑤ 范乐春（1903—1941），女，1903年出生于永定金砂一个穷人家庭。1929年参加革命，1930年入党。历任永定县苏维埃政府主席、福建省工农民主政府土地部长、省工农检察委员会主席、中央工农民主政府优待红军局局长、中华工农民主共和国执行委员会委员和闽西南军政委员会委员等职。主力红军长征后，她被留在闽西坚持游击斗争。1941年因积劳成疾，不幸病逝。这是她生前在山里打游击时编唱的山歌。

养我红军革命种，革命胜利有功劳！

二唱野菜满山岗，红军唔愁没食粮；
要吃肉有"杀猪菜"，"牛蹄"下锅味道香[①]。

三唱野菜花样多，野芍芹来野蕉萼；
同志阿哥辛苦了，折枝杨梅好止渴。

四唱野菜连根生，人民和我一条心；
野菜无根要干死，人民是我父母亲。

五唱野菜乐哗哗[②]，革命种子开心花；
我吃野菜为革命，革命成功好大家。

闽西支队威名扬

竹板一打闹洋洋，偃今来把歌子唱；
单唱闽西游击队，三打永定九象乡[③]，
三打永定九象乡。

象湖山[④]上乡公所，地势险要路难上；

---

① 杀猪菜、牛蹄：均为野菜名称。
② 乐哗哗：快乐、开心。
③ 九象乡：即湖山乡。国民党统治时期属漳州市平和县第八区，包括今漳州市平和县芦溪镇九曲村和永定区湖山乡的大、小象湖一带。1951年改为隶属于永定县。
④ 象湖山：今永定区湖山乡大、小象湖一带。当年九象乡公所设此。

炮楼牢固加铁网，壕沟吊桥把我防，
壕沟吊桥把我防。

敌人认为工事强，欺侮百姓好猖狂；
时常到处大骚扰，四周群众都遭殃，
四周群众都遭殃。

游击队，唐队长[①]，三打象湖英名扬；
把握时机定计策，要叫敌人把命偿，
要叫敌人把命偿。

一打象湖好计谋，化妆打扮进炮楼；
内外夹击齐开火，推毁九象乡公所，
推毁九象乡公所。

二打象湖攻坚战，云梯突击上炮楼；
打死头子李成辉[②]，消灭敌人六十多，
消灭敌人六十多。

三打象湖计更高，引蛇出洞伏击场；

[①] 唐队长：即解放军闽粤赣边总队闽西支队队长蓝汉华，革命斗争时化名唐棠。为了打开永（定）、（平）和、（大）埔边区对敌斗争新局面，沟通闽西南与粤东的联系，他于1948年3月至1949年2月，先后三次率部攻打九象乡公所，史称"三打象湖山"。

[②] 李成辉：九象乡周边三个乡联防办事处中队长。

全歼邝营①一个连，彻底打垮敌武装，
彻底打垮敌武装。

打得敌人贼胆丧，闽西支队威名扬；
百姓高兴齐欢呼，迎接全国大解放，
迎接全国大解放。

天快亮

天快亮！
乡亲们不用愁，
爬过山顶迎日头，
望见日头就出头！

天快亮！
乡亲们齐奋斗，
举起锄头打白狗，
打死白狗就自由！

十骂还乡团

一字写来像条蛇，毒蛇口中吐"莲花"；
山村窜回"还乡团"，恶狗咬人露獠牙。

二字写来像火钳，抢去房屋霸占田；
反攻倒算搞复辟，张牙舞爪夺政权。

---

① 邝营：指驻在碉堡内的国民党一个正规营，营长为邝东成。

三字写来三条虫，头上生疮脚流脓；
列强军阀做靠山，土豪劣绅当帮凶。

四字写来方框外，鬼哭狼嚎满山寨；
茅草过火石过刀，烧杀抢掠尽破坏。

五字写来背驼驼，恶狼改装扮外婆；
肚里藏刀爱外甥，三分笑脸"阿弥陀"。

六字写来点在上，团匪贼古草头王；
蟹子横行尽霸道，搅得水浑草都光。

七字写来脚下弯，又是捉来又是关；
勒索钱财敲竹杠，土匪贼古一般般[①]。

八字写来两脚歪，阴阳颠倒福变灾；
豪绅尽唱还魂曲，工农上山食苦斋[②]。

九字写来九弯勾，盐瓮生虫饭发馊；
午时花[③]开短命子，谁人见了都心烧。

十字写来十字架，团匪贼古人人骂；
若然胆敢再作恶，割佢头颅树上挂。

[①] 一般般：客家话，即一个样。
[②] 苦斋：一种可食用的野菜。
[③] 午时花：一种水中植物，只在中午开花。中午一过即凋谢。

第四辑　儿童革命歌谣

一、苦情日子何时了

苦情日子何时了[①]

月光光，光灼灼，偓受苦，你快乐。
食又无好食，着[②]又无好着；
年年拼命做，总住烂屋壳。
咁多学堂偓无份，有眼做个瞎眼棍。
咁靓女子无钱讨，害偓穷人单只佬。

天呀天，越思越想越可怜！
生意无钱做，年年总耕田；
长年做到暗，落雪锄冬田。
六月来割禾，田主到家把谷收。
撞到年成唔丰熟，量唔出就活捉到官厅，
打屁股，唔奈何，只好量了一箩又一箩。

---

① 这首原题为《儿歌》。
② 着：客家方言，穿衣服的意思。

量了田租量利谷，累生累死自家无。
自家无，人唔知，小弟高声喊肚饥。
小弟弟，唔要叫，做人奴隶你要晓，
阿姆三餐吃粥水，有点饭时留你饱。

天呀天，苦情日子何时了？
何时了，莫去想，想起千般无一样；
与其无食无着做个冤枉鬼，情愿拼命决一仗。
努力杀尽豪绅并地主，这时才会有福享。
亲爱的姐妹们，起来起来，快起来，起来把歌唱！

偓长大后当红军

白匪军，恶心狼，牵偓牛，抢偓粮。
烧掉偓家一幢屋，用枪打死偓的娘。
偓长大后当红军，誓把白匪一扫光。

二、从小跟着共产党

共产儿童团歌

年青小弟兄，十分有威风，
共产儿童团，革命精神好像山泉涌。
我们将来力无穷，要当世界主人翁。
儿童团，好英勇，团结工农子弟，
百百千千和万万，一行战线中。
我是哥哥做先锋，来来来，大家向前冲！
咚咚咚咚咚咚，一战就成功。
哪怕资本家残忍，看明朝世界，
革命祝大同！

儿童团，小英雄

儿童团，小英雄，帮捉土豪打先锋；
红缨枪，手中握，"一二一二"真威风！

小小红缨枪

小小红缨枪，时刻肩上扛，
人小志气大，长大把兵当。

扛起红缨枪，威武又雄壮，
跟着共产党，步步向前方。

紧握红缨枪，心明眼又亮，

打倒反动派，穷人得解放。

国际旗

国际旗，鲜鲜红，
星儿在天空，
镰刀斧锤在当中。
国际旗，鲜鲜红，
高高招展太阳中。

当红军

八月桂花香，九月菊花黄。
哥哥当红军，弟弟上学堂。
当红军，打敌人，穷人翻身得解放。

分田歌

好弟弟，好哥哥，大家一起来唱歌。
唱的什么歌？唱的分田歌。
先前无米煮，今日谷米多。
多谢红军打土豪，穷人翻身乐呵呵。

你打白匪我来捉

你打鼓，偓打锣，手捧红花送阿哥，
一送送到十里埔，想起有句话要说。
阿哥问，说什么？偓话阿哥你记着：
"遇到打仗要喊偓，你打白匪偓来捉。"

我们一家人

我们一家人，都在闹革命。
父亲在放哨，哥哥当红军，
我和小弟弟，肩上扛红缨，
姐姐前面打旗子，"一二一二"出了村。
妈妈问，去哪里？我说要去打豪绅。

黄牛黄牛告诉你

黄牛黄牛告诉你，田里禾苗不要吃，
不管那是自己田，还是红军公田里。

黄牛黄牛脚会走，犁了田来又犁土，
红军公田你先犁，自己私田放在后。

黄牛老了没力气，皮可做鞋肉可吃，
牛妈还可生牛子，养牛真是有利益。

无钱买牛怎么办？联合组织耕牛栈。
几家人家合拢养，无钱买牛没困难。

配合红军打胜仗

红缨枪，闪闪亮，儿童团员操练忙。
儿童团，个个壮，村头村尾来站岗。
大人前方打敌人，我在后方守村庄。
送情报，查路条，配合红军打胜仗。

优待红军

我们都是小孩，帮助红军砍柴，
鼓动青年哥哥，不要开小差。

我们发动群众，帮助红军耕种，
鼓动青年哥哥，作战勇敢冲。

我们个个努力，帮助红军家里，
鼓动青年哥哥，安心去杀敌。

我们拿些东西，送到红属[①]家里，
鼓动青年哥哥，莫挂念家庭。

我们处处留心，优待红军家属，
或帮工或送物，都要能继续。

奋斗歌

大家踊跃上前方，要打敌人上战场，去去莫彷徨。
莫要贪生与怕死，一齐扩大红军去，才是革命好儿郎。

努力歌

我们是共产儿童，我们要努力用功，
我们做事胆子大，我们工作要冲锋。

---

① 红属：红军家属。

从小跟着共产党

太阳光，照四方，红军叔叔到㑊乡，
帮助组织儿童团，又放哨来又站岗。
地主豪绅敢破坏，㑊就捉佢去游乡。
咚咚咚，锵锵锵，从小跟着共产党。

相亲相爱

我是哥哥，你是弟弟，大家相亲，大家相爱，
相亲相爱联合在一起，打倒土豪分田地。

三、好哥哥好弟弟

好哥哥好弟弟

好哥哥，好弟弟，合拢来，在一起；
团结好，更有力；遭打骂，要反对；

好哥哥，好弟弟，大家来，分田地；
分了田，有饭吃。

好哥哥，好弟弟，儿童团，都加入；
有事情，开会议；学跳舞，学游戏。

开晚会

开晚会，开晚会，许多儿童来开会；
儿童虽然年纪小，站岗放哨样样会。
活报剧，更有味。

开晚会，开晚会，许多妇女来到会；
妇女虽然家务多，生产支前样样会。
唱山歌，更有味。

竹篙溜一溜

竹篙溜一溜，红军打漳州。
漳州打下来，什么东西买得有。

小孩子

小孩子呀小孩子，天天上课学认字，
经过墙边学标语，没笔也用手画字。

小孩子呀小孩子，你爱身上穿什么？
短短裤子短短衣，洁洁净净整整齐。

小孩子呀小孩子，你爱嘴里吃什么？
零星东西我不爱，爱吃米饭和青菜。

小孩子呀小孩子，你爱操场上操么？
我爱操场去上操，耍了棍子又耍刀。

小孩子呀小孩子，你爱示威游行么？
示威游行我欢喜，队伍排成几十里。

小孩子呀小孩子，你爱头上戴什么？
红军帽子我喜爱，花花绿绿我不戴。

开会

快来快来开会，讨论园中种菜，
我要种瓜他要种韭，怎样决定？
举手。

快来快来开会，讨论几多种子，
我说太多他说不够，怎样决定？

从多数。

快来快来开会,选个指挥人员,
一人提议二人附议,还要举手表决,
才决定。

墙报

墙报题出了,来写墙报,
儿童能写墙报,人人称道。

墙报写齐了,来贴墙报,
贴得好的墙报,人人称道。

墙报出版了,来看墙报,
做得好的墙报,人人称道。

墙报怎样写?写看见的和听见的事情,
加以批评。

墙报怎样写?写上的课和工作的情形,
加以批评。

墙报怎样写?写开会的和讲演的事情,
加以批评。

粗米饭

粗米饭,开锅香,
天天吃惯身体强。
何用鸡鸭与牛羊?
穷家百日费,
富人一顿光。
看得人家不饱糟与糠,
何忍美酒肥肉独自尝?

上学校

小弟弟,不要吵,不要闹,
同上列宁小学校。
读新书,趣味好,
增我知识真不少!
大家学习,大家欢喜,
大家哈哈笑!

要整理

桌子上,要整理,笔墨纸张都把齐。
教室里,要整理,桌椅黑板常抹洗。
房子里,要整理,莫把杂物乱堆起。
床铺上,要整理,被盖席子放整齐。
用铁器,要整理,有泥有水锈就起。
用木器,要整理,它怕日晒怕潮湿。
借来物,要整理,恐怕坏了赔不起。
公众物,要整理,别人乱丢我捡起。

竹马

小小儿童志气高,要想马上立功劳,
两腿夹着一竿竹,洋洋得意跳跳跳。

马儿马儿真正好,跟我南北东西走,
一日能行千里路,不吃水来不吃草。

时辰钟

时辰钟,时辰钟,天天都做工。
他做甚么工?他叫人们要劳动。

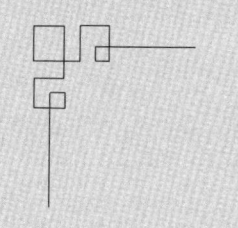

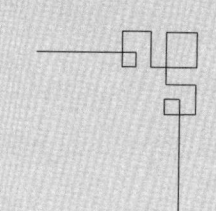

下卷
革命山歌、歌谣曲调选

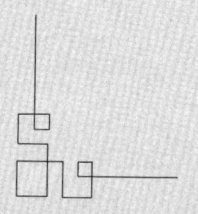

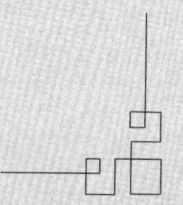

下卷　革命山歌、歌谣曲调选

当年闽西各县，大部分都是中央苏区的核心县。"闽西山多歌也多"，由于旧时山峦阻隔、交通不便，故地域之间的交流不多，便形成了一个地域一种山歌曲调的情况，往往同一个县山歌曲调多达八九种甚至十余种。所以山歌名称，不是以内容作标题，而是以地名作标题，如《长汀山歌》《龙岩山歌》《永定山歌》《古田山歌》《武北山歌》之类。当年的革命干部、宣传员或山歌手，便编创一些革命山歌词，在哪里宣传，便用哪里的山歌曲调演唱。由于当地群众对当地的山歌曲调耳熟能详，所以听起来入耳入心，往往起到很好的宣传效果。如《八劝哥》曲调是清流山歌调，《风吹竹叶》是长汀山歌调等。我们这卷编选进的山歌曲调，大多考虑了地域代表性和典型性。

革命歌谣的曲调不同于山歌曲调。它不是以地方名作标题，而是每首歌谣都有自己固定的标题，如《卖花线》《补缸》《孟姜女送寒衣》《螃蟹歌》《过江龙》《竹板歌》等。其歌词长短句不一，但相对固定，故当年的革命干部、宣传员或歌手，要根据这些歌谣的长短句式，套上新编的革命歌词，用以演唱宣传。如至今仍广为流传的著名革命历史歌曲《送郎当兵歌》就是采用客家民间歌谣《怀胎歌》的曲调；《当红军》《帮助红军》是采用民间流行的《打花鼓》的曲调等等。由于当地群众对这些歌谣曲调耳熟能详，所以同样起到很好的宣传效果。我们编选进本卷的曲调，是那时使用比较多且较典型的代表性曲目。

革命歌谣的曲调，还有一种是采用当时已流行的歌曲的曲调填上革命新词而成的，如《可怜的工农》《白军苦》用的是 20 世纪 20 年代流行歌曲《可怜秋香》的曲调；《暴动歌》用的是流行古曲《苏武牧羊》的曲调等。

还有一部分是当时知识分子新编或新创作的,如《新十劝哥》是"前哨报社改编",《送郎当兵歌》是"活路社改编",《少年先锋队歌》是"上前线去词,炮火连天曲"等等。

这些唱响在中央苏区闽西大地的革命山歌、歌谣,易学易唱,民族风格浓郁,旋律优美明快,红军队列歌曲更是雄壮威武、朗朗上口,也是闽西传统文化遗产中一笔带有革命文献性质的宝贵财富。

第一辑　歌颂党和领袖歌曲

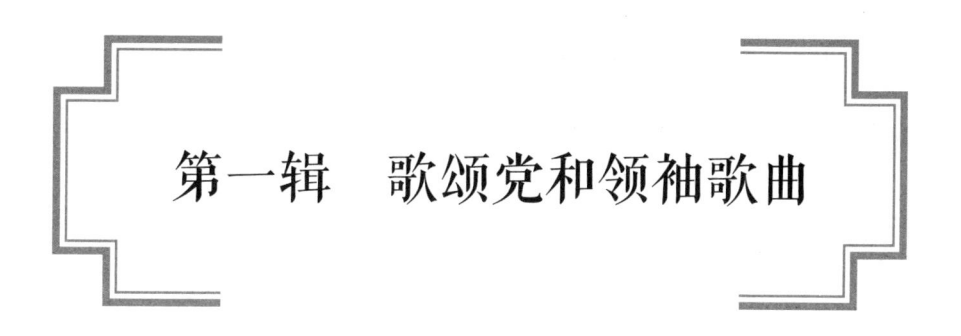

共产党领导好

1=C 2/4

| 3 1 2　3 1 2 | 3 5　3 0 | 3 2 1 2　3 5 | 3 2 1　2 0 |

共产党 领导　真正 好，　工 农　群 众　齐拥　护，
前方有 英勇　红军 哥，　我 们　胜 利　有把　握，
毛主席 说话　我们 听，　工 农　群 众　都翻　身，
亲爱的 英勇　同志 们，　团 结　一 致　不留　停，

| 2 6 1　2 6 1 | 2 2 2 0 | 5 3 2 1 2 3 2 | 1 1　1 6 1 |

红军　打仗　真不错，　粉碎　国民党的　乌龟　壳，我们
赶快　努力　莫错过，　要把　红旗插遍　全中　国，插遍
男女　平权　又平等，　镇压　了地主反　革命，我　们
万众　一心　力量大，　胜利　在望永远　向前，我　们

| 2 2　2　3 6 | 5 5　5 0 ‖

真快　乐，我们　真快　乐！
全中　国，插遍　全中　国。
一条　心，我们　一条　心。
向前　进，我们　向前　进。

保佑共产党万万年

1=C 4/4

♩=42

| $\dot{2}\dot{2}$ 6 5　$\dot{2}$　- | $\dot{2}\dot{2}$ $\overset{16}{\underline{}}$5　- - | 6 $\dot{2}$ 6 5 6 5 $\overset{\frown}{6}$ |

山歌唱来（哎）　　闹连　连，　　　　打倒地主来分田，

| $\dot{2}\dot{2}\dot{2}\dot{2}$ 6 2 5 | $\dot{2}\dot{2}$ 6 5 6　- ⅔ | $\dot{2}$ 6 6　5　5 - ‖

工农翻身做了主，　保佑共产党　　万万年（噢）。

日头一出红又亮

1=A 2/4

♩=84

| $\overset{3}{\overline{3\ 5\ 3}}$ 3 | $\overset{3}{\overline{3\ 5\ 1}}$ 1 | $\overset{3}{\overline{1\ 7}}$ 1 1 $\underset{.}{6}$ | 1 2 1　1 |

日　头　一　出　红又（噢）亮（啊），幸　福

| $\overset{3}{\overline{1\ 7\ 1\ 3}}$ 3 | $\overset{3}{\overline{1\ 1}}$ 3 | $\overset{3}{\overline{1\ 1}}$ $\underset{.}{6}$ $\underset{.}{6}$ | $\underset{.}{3}$ 6 0 | $\underset{.}{3}$ 5 3 3 |

山　歌　大家（哟）大家（啊）　　唱。歌颂

下卷　革命山歌、歌谣曲调选

恩人　　毛泽东，　恩人（那）毛泽（呀）东（啊），

歌　　颂救星　共产（啊）　党（呀）。

日头出来红搭红

1=D 2/4 3/4
♩=60

日头（啊）（噢噢）　　　出来（啊哎　里格）

红搭红（啊噢），　（朗噢）中国（啊噢

噢）　出了（哎）（里格）毛泽东（啊）（噢），

领导（啊噢噢）工农（啊哎　里格）闹革命（啊

噢），革命（啊噢噢）　一定　（啊哎　朗噢啊就）

$\widehat{\dot{1}6}\ \widehat{\dot{1}\dot{2}}\ \widehat{\dot{1}6}\ \widehat{66}\ |\ 6\ -\ \|$
要　成　功（啊　　哎）。

一棵蜡梅千朵花

1=E 3/8 6/8
♩=144

$\widehat{\dot{2}\dot{2}\dot{1}}\ 6\ \widehat{\dot{2}\dot{2}\dot{1}}\ \widehat{66}\ |\ \widehat{\dot{2}1\dot{2}}\ \overset{3}{\widehat{\dot{2}.}}\ |\ \widehat{\dot{2}1\dot{6}}\ |\ 5.\ \widehat{5\ 6}\ |$
一棵　（哎）蜡梅（啊就）千朵花（噢），

$\widehat{\dot{2}\dot{2}\dot{1}}\ 6\ \widehat{\dot{1}\dot{2}\dot{1}}\ \widehat{66}\ |\ \widehat{\dot{1}66}\ 5.\ |\ 6.\ 6.\ |$
一条　（哎）红灯（啊就）照万家（噢），

$\widehat{5\ 5\ 3}\ 2\ \widehat{\dot{2}\dot{2}\dot{1}}\ 6\ |\ \widehat{\dot{2}5\dot{2}}\ 5\ \widehat{\dot{6}\dot{1}}\ |\ 6.\ \widehat{5\ 6}\ |$
穷人　（哎）救星　（啊）毛泽东（噢），

$\widehat{\dot{1}\dot{2}\dot{1}}\ 6\ \widehat{\dot{1}\dot{2}\dot{1}}\ \widehat{66}\ |\ \widehat{\dot{1}66}\ 5.\ |\ 5.\ \|$
恩情　（哎）赛过（啊　就）亲爹妈（噢）。

感谢恩人毛泽东

1=D 5/8 6/8
♩=144

$\widehat{\dot{2}\dot{2}\dot{1}}\ \widehat{6\ \dot{6}5}\ |\ \widehat{6\dot{1}6}\ \widehat{6\dot{1}}\ \widehat{55}\ 6\ |\ 6.\ 6\ \widehat{56}\ |\ \widehat{\dot{2}6}\ \widehat{\dot{2}\dot{1}}\ \widehat{6\ 55}\ |$
一朵　鲜花　红又　红　　（噢），　　感谢　恩　人
人人　翘起　拇指　公　　（噢），　　齐声　歌　颂

264

下卷 革命山歌、歌谣曲调选

毛 泽 东（噢），　　人 人 拥 护
毛 泽 东（噢），　　双 手 扭 得

共 产 党（噢），　　保 卫 苏 区
乾 坤 转（噢），　　工 农 翻 身

争 光 荣（噢）。
乐 融 融（噢）。

永远记住毛泽东

1=D 2/4 3/4
♩=90

五 角 星 子　红（啊）通（格）通，　　千 年 土

地（都）转（啊）家（啊）中。吃水（格）不（啊）忘

挖（啊）井（格）人（哎　嗨），　　永 远（格）记

265

（啊）住　　毛（啊）泽（格）东！　　　　（咧　嗨　哟）

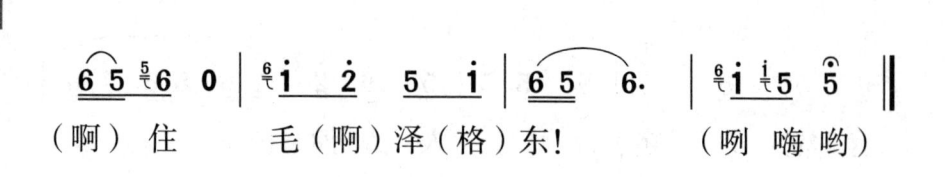

第二辑　启发阶级觉悟歌曲

我本是一工农

1=A 4/4

6 3 5 - | 1 2̇ 1 6 - | 1 2̇ 1 6 5 | 1 2̇ 1 6 5 - |

我本是　一工　人，数千年痛苦　都　受尽，
我本是　一农　民，数千年痛苦　都　受尽，
我本是　一士　兵，数千年痛苦　都　受尽，
我本是　一女　人，数千年痛苦　都　受尽，

1̇ 2̇ 1 6 5 - | 3 5 2 3 5 - | 1̇ 2̇ 6 5 1̇ 2̇ 6 5 |

家里 多么 贫，　　工厂 去谋 生，　　时间 延长 工资 减少
如今 想起 来，　　怎能 不痛 心，　　地主 剥削 豪绅 压迫
家里 多么 贫，　　故此 去投 军，　　赊账 吃粮 为钱 送命
深锁 闺阁 中，　　好似 犯罪 人，　　教育 莫问 经济 无权

$\widehat{3\ 5}\ \widehat{2\ 3}\ 5\ -\ |\ \widehat{2\ 2}\ 3.\ 5\ |\ \widehat{2\ 3}\ \widehat{2\ 1}\ 6\ -\ |\ \dot{3}\ \widehat{3\ 6}\ 5\ \dot{3}\ |$

到 如 今，一天 到 晚 真 辛 苦，满 身 的 血
到 如 今，还有 白 匪 更 凶 狠，屠 杀 我 农
到 如 今，想起 官 长 心 就 恼，克 扣 了 军
到 如 今，更有 吃 人 的 礼 教，一 切 自 由

$\widehat{6\ 1}\ \widehat{2\ 3}\ \dot{1}\ -\ |\ \dot{3}\ \widehat{5\ 3}\ 6\ \widehat{1\ 2}\ \dot{3}\dot{1}\ |\ 5\ \widehat{3\ 6}\ 5\ \widehat{1\ 2}\ \dot{1}\ |$

汗 都 流 尽。打倒 帝 国 主 义，推翻 资产 阶 级，
民 不 留 情。铲除 封 建 势 力，推翻 地主 阶 级，
饷 去 荣 耀。打倒 万 恶 军 阀，推翻 统治 阶 级，
都 要 送 掉。斩断 束缚，打 碎 封建 统治 阶 级，

$\dot{3}\ 3\ 6\ \dot{3}\ |\ \widehat{6\ 1}\ \widehat{2\ 3}\ \dot{1}\ -\ \|$

若 不 这 样 永远 做 奴 隶。
若 不 这 样 永远 做 奴 隶。
若 不 这 样 永远 做 奴 隶。
若 不 这 样 永远 做 奴 隶。

黄连树上结苦瓜

1 = C $\frac{2}{4}$ $\frac{3}{4}$

♩ = 56

$\dot{2}\ \widehat{\dot{1}\ \dot{2}}\ \dot{2}\ \widehat{1\ 6}\ |\ \dot{2}\ \dot{2}\ \dot{1}\ \dot{2}.\ \widehat{\dot{1}\dot{6}}\ |\ 5\ -\ \ \ |\ 6\ -\ \ \ |$

黄 连 树上 结苦 瓜 (哎 哎 哎)，

世上最苦 穷人家（啊 噢）。 汗水洗身泪洗面（啰 哎）， 穷人长年 受煎熬（噢）。

农民受苦歌

1=G 4/4

唱出农民受苦歌， 三百六十日都受折磨。 做多吃少流血汗， 冒风霜，受风寒。 年冬好收勉强过， 年冬少收受饥饿， 田主收租照样收， 穷人只好将子卖。

妇女苦情歌

1=F 2/4
♩=80

5 6 6 5 | 5 6 2 1 6 | 6 1 1 5 6i 2 |

封建 妇女（啊）　　　真　可 怜（啊），
荷树 叶子（啊）　　　叶　青 青（啊），
荷树 叶子（啊）　　　叶　连 连（啊），
荷树 叶子（啊）　　　叶　华 华（啊），

1 2 2 6 6 | 5 6 1 6 6 | 5 5 6 1 |

会　做 生 意 无　本 钱（噢），想 读 诗 书
想　起 妇 女 真　可 怜（噢），一 周 三 岁
细　生 妹 子 唔　当 人（噢），家 娘 家 倌
想　起 妇 女 割　心 肠（噢），茶 筒 担 水

1 6 1 6 5 5 | 5 6 1 6 1 1 | 3/4 6 5 6 5 6. 1 |

（依）无　俚　份（啊），贴 本　去 种　（噢）
（依）拿　来　卖（啊），当 猪　当 狗　（噢）
（依）常　打　骂（啊），拳 打　脚 踢　（噢）
（依）来　煮　粥（啊），上 岭　割 烧　（噢）

下卷 革命山歌、歌谣曲调选

白水　田（噢）。

卖给　人（噢）。

痛伤　心（噢）。

无草　鞋（噢）。

十八姐嫁三岁郎

1=G 2/4

怨恨地

十八姐嫁三岁郎，十八姐嫁三岁郎，
十八姐嫁三岁郎，十八姐嫁三岁郎，

嘴咬灯盏手抱郎，嘴咬灯盏手抱郎，
朝朝夜夜抱上床，朝朝夜夜抱上床，

不是看你（呀）祖宗三代面，
惹得老妹（呀）心火起，

| 2· 3   5 3 | 3 2 1 2 | | 2 2 2 3 7 6 5 |

一 脚 踢 你 见　 阎 王。　　一 脚 踢 你 见　 阎

脚 尖 一 踢 见　 阎 王。　　脚 尖 一 踢 见　 阎

| 5̲ 6 ᵛ 5 #5 | 6 — | 6 — :||

王， 见 阎　 王。

王， 见 阎　 王。

救穷歌

1 =C 2/4
♩=60

| 1 2· | 1 2 1 6 1 2 1 6 | 1 2 1 6 |

1. 𠊎 今　 唱 歌（斯）唔　 使 钱 （噢 哦），
2. 头 一　 冤 枉　 是 　 工 农 （噢 哦），
3. 先 个　 世 界（斯）受　 熬 煎 （噢 哦），
4. 想 起　 无 钱　 会　 发 癫 （噢 哦），
5. 住 在　 山 中　 怕　 豺 狗 （噢 哦），
6. 土 豪　 放 债　 剥　 削 人 （噢 哦），
7. 木 匠　 师 傅　 箴　 缚 床 （噢 哦），
8. 一 理　 通 来　 百　 理 通 （噢 哦），

下卷 革命山歌、歌谣曲调选

总爱大　家（斯）肯来　听（噢），总爱大　　家
着个衫　裤（斯）补千　重（噢），三餐食　　个
样样东　西　　都爱　捐（噢），穷人做　　来
讲起豪　绅　　心就　煎（噢），勾结贪　　官
住在乡　中　　怕土　豪（噢），土豪有　　钱
还有豪　绅　　把人　欺（噢），无钱有　　理
做衫师　傅　　烂衣　裳（噢），泥水师　　傅
十个人　中　　九个　穷（噢），九个穷　　人

记落肚　（噢），十　人传　百　百传　千（哎）。
蕃薯饭　（噢），住　个屋　子　尽窟　窿（哎）。
无出处　（噢），有　钱之　人　钱净　钱（哎）。
派兵饷　（噢），要　派五　百　开一　千（哎）。
放恶债　（噢），银　头过　少　利过　多（哎）。
变无理　（噢），有　钱无　理　变有　理（哎）。
无屋住　（噢），耕　田之　人　空米　楻（哎）。
来团结　（噢），何　愁革　命　不成　功（哎）。

工人受苦歌

1=C 4/4

上工厂作苦工,生活情形牛马同。

厂主的荷包满,工人永远穷,

工厂受苦有谁知,精疲力尽硬撑持。

可怜我工人,穷苦直到死,穷苦直到死。

出工厂,个个工人都是低头想,每晚稍闲明又忙,明又忙,明又忙。工人要解放,除了团结别无方,工人一齐团结起,革命成功乐洋洋。

下卷　革命山歌、歌谣曲调选

工人歌

1=C 4/4

5.<u>5</u> 53 | 5.<u>5</u> 1̇1̇ | 2̇.1̇ 2̇3̇ | 2̇ - | 1̇1̇ 2̇2̇ |
我们工人 创造世界 人类衣食 住， 不劳动的

6.<u>6</u> 55 | 33 53 | 2 - | 3.<u>5</u> 35 | 6.<u>6</u> 65 |
资产阶级 来把我们 欺， 起来起来 齐心协力

3.<u>5</u> 35 | 6 - | 1̇.1̇ 2̇2̇ | 3̇.<u>3̇</u> 1̇1̇ | 6.<u>6</u> 2̇2̇ | 5 0 ‖
巩固我团 体， 努力奋斗 最后胜利 必是我们 的。

工农联合歌

1=C 2/4

<u>55</u> 1 | <u>66</u> <u>5̣</u> | <u>1̂1̂1̂</u>³ 3 | 2 - | <u>12</u> 3 |
青的田 绿的野， 灿烂的山 河。 美的衣

<u>34</u> 5 | <u>66̂6̂</u>³ 3 | 5 - | <u>55</u> 3 | <u>22</u> 1 |
鲜的食 玲珑的楼 阁， 谁的功 谁的劳

<u>22</u> <u>1.6̣</u> | 5̣ - | <u>5̣5̣</u> 1 | <u>22</u> 3 | <u>43</u> <u>2.5</u> | 1 - ‖
劳动的 结 果。 全世界 工农们， 联合起 来 啊！

275

雄鸡一叫天就亮

1=D 2/4 3/4
♩=80

6̂ 1̂ 6̂ 5 | 3 5 - | 6̂ 1̂ ⁵6̂ | 1̂ 2̂ 1̂ 6 0 | 1̂ 2̂ 1̂ 6̂ |
乌 云 遮 天　心 莫 慌（啰嗬），风 吹

5 6 - | 1̂ 6̂ ²1̂ | 6 5 - | 6̂ 1̂ 6̂ 5 | 3 5 - | 6̂ 1̂ ⁵6̂ |
云 散　出 太 阳（噢），黑 夜　行 路　不 要

1̂ 2̂ 1̂ 6 0 | 1̂ 2̂ 1̂ 6̂ | 5 6 - | 1̂ 6̂ ²1̂ | 6 5 - ‖
怕（啰嗬），雄 鸡 一 叫　天 就 亮（噢）。

第三辑 动员闹革命歌曲

跟着委员毛泽东

1=G 2/4
♩=120

6 5 6 i | 2 - | 2/16 i 6 | 6 6 5 | 12/26 i 2 i | 6 - |
十人之中（咧）　九人穷（哎），受苦受　难根相　　同，

6 5 6 i | 2 - 5/7 | i 6 6/i 6 | 6 6 5 | i i 2 3 | 6 - ‖
要想拔掉（咧）　穷根　子（哎），跟着委　员毛泽　　东。

工农兵联合歌

1=F 4/4

5 5 5 - | 5 6 4 5 3 1 | 2 2 2 - | 2 3 1 2 5 - |
工农兵　　联合起来　向前进，万众一　心！

| 5 5 5 - | 5̂ 6̂ 4̂ 5 3 1 | 2 2 2 - | 2̂ 3 1 2 5̣ - |

工 农 兵　　联 合 起来 向前进，　　杀 尽敌人！

| 6̂ 6 5̣ 5̣ 1 1 6̂ 6 | 2 2 1 1 3 3 2 2 | 5 5 6̂ 6 3 3 5 5 |

我们团结我们前进，我们奋斗我们牺牲，杀向那　国 际帝 国

| 2 2 3̂ 3 1 1 2 | 6̂ 6 5̣ 5̣ 1 2 3 3 | 2 2 2̂ 1 2 ⌢ 5 |

主义的　大本营，　　最后胜利必定属于　我们工　农

| 1 - - 0 ‖

兵。

土地革命歌

1=G 4/4

| 1̇ 2̇ 1̇ 6 5 - | 4 2 4 6 5 - | 1̇ 6 5　 4 6 5 |

工农兵联合，　　万众同一心。　　除军阀　灭贪污，
可恨地主们，　　剥削我农民。　　依土地　享现成，

| 2 5 4 2 1 - | 2 2 2 6 5 - | 2 1 6̣ 5̣ 1 - |

土豪 要除 尽。　　打倒 国民党，　　消灭 白色 军，
横行 各乡 村。　　农民 团结起，　　土地 拿来 分，

| 5 5 6 i 3 - | 5 3 2 5 1 - | 1 2 4 4 2 4 2 1 |

地主 资本 家， 丝豪 不顺 情， 帝国 主义 驱逐 出境

建立 苏维 埃， 领导 有工 人， 封建 势力 一样 扫除

| 6· 1 2 4 1 - ‖

革命方可成。

土地革命成。

奋斗曲

1 = F 2/4

| 1 1 | 5 - | 6 5 4 5 | 6 5 4 5 | 6 5 4 3 |

工 人 们， 磨你的 拳， 擦你的 掌， 向资产 阶

农 民 们， 磨你的 拳， 擦你的 掌， 向地主 豪

士 兵 们， 磨你的 刀， 擦你的 枪， 向军阀 白

工 农 兵， 联合起 来， 团结起 来， 向反动 势

| 1 2 | 1 - | 1 0 | 1 1 | 5 - |

级 进 攻！ 打 倒 那

绅 进 攻！ 打 倒 那

匪 进 攻！ 打 倒 那

力 进 攻！ 消 灭 那

中央苏区（闽西）革命歌谣选

| 6 5 4 5 | 6 5 4 5 | 6 5 4 3 | 1 2 | 1 - | 1 0 |

帝国主义　国民党　革命方　能成　功，
帝国主义　国民党　革命才　能成　功，
帝国主义　国民党　革命才　能成　功，
帝国主义　国民党　革命才　能成　功，

| 1 1 | 1 - | 1 6̄5̄ | 3 - | 3 6 | 6 5 | 3 2 1 | 1 0 ‖

工人们　奋斗　啊！苏维　埃　成立了。
农民们　奋斗　啊！苏维　埃　成立了。
士兵们　奋斗　啊！苏维　埃　成立了。
工农兵　奋斗　啊！苏维　埃　成立了。

红军一到世道平

1=D 2/4

♩=72

| 3 3 2 3 2. | 1 2 3 2 1 6 | 1 2. | 1 2 3 2 3 2 1 |

阴雨绵　绵　落不（啊）　停（啰），大雾　茫茫
云开日　出　雨就（啊）　停（啰），风吹　雾散

| 1̣ 6. 1 | 2 3 2 1 6 | 6 1. | 6 6 1 6 1 |

（啊）天不（哎）　　晴（啰），山路弯
（啊）天就（哎）　　晴（啰），走完山

280

下卷 革命山歌、歌谣曲调选

$\dot{2}$ — ³ᵧ | 1̇ 2̇ 3̇ 2̇ 1̇ 6 | 6 1̇· ↗ | 6 6 1̇ 6 1̇ |

弯　走不（啊）　尽（啰），世道浑
路　有大（啊）　路（啰），红军一

$\dot{2}$ — ³²ᵧ | 1̇ 2̇ 3̇ 2̇ 1̇ 6 | 6 6· ↘ ‖

浑　何时（啊）　平（哟）？
到　世道（啊）　平（噢）。

妇女解放歌

1=C 4/4

3 5 6 5 — | 5 6 1̇ 2̇ 6 — | 6 5 3 2̇ 1̇ 6 5 |

一　早起来　　做到日落西，　雨　打　风　吹
字　不会写　　书又不会读，　拿　起　算　盘
地　主豪绅　　剥削我穷人，　挑　拨　离　间
共　产党领导　妇女的工作，　我　们　来　唱

3 5 6 1̇ 5 — | 6 1̇ 6 5 3 — | 5 6 1̇ 3 2̇ — |

又有谁人知？　真正痛苦呀，　真正可怜呀，
又不会　算，　一生受人欺，　永世不自由，
破坏我团结，　我们要热心，　加进工农会，
妇女解放歌。　振起我精神，　巩固我力量，

281

$\dot{2}$ 3 5 6 5　—　| $\dot{3}$ 2 5 6 $\dot{1}$　—　‖

劝我妇女们　快快觉悟起。
劝我妇女们　读书不可慢。
打破旧封建　实行新社会。
努力去奋斗　胜利归我们。

十别妹

1=D $\frac{3}{4}$

‖: 6 5　6 1 2 | $\dot{2}$ 5　6 $\dot{2}$ 1 6 | 1 1　3 5 6 |

一别我的妹　在床前（啰　噢），二人牵　手
三别我的妹　交代你（啰　噢），我今不　知
五别我的妹　正同心（啰　噢），告别老　妹
七别我的妹　骂军阀（啰　噢），害我穷　人
九别我的妹　莫思量（啰　噢），我当红　军

1 6　5　3 0 | 6 5　6 1 2 | $\dot{2}$ 5　6 $\dot{2}$ 1 6 |

哭涟涟（噢）。今晚和　妹　说了话（啰　噢），
几时归（噢）。你在家　中　要正经（啰　噢），
去革命（噢）。不闹革　命　无出路（啰　噢），
没吃穿（噢）。为了今　后　日子好（啰　噢），
上前方（噢）。前方努　力　杀敌人（啰　噢），

下卷 革命山歌、歌谣曲调选

| 1 1 3 5 6 | 1 6 5 3 0 | 6 5 6 1 2 |

不知何日有会面(噢)。二别我的妹
切莫思想恋别人(噢)。四别我的妹
妹在家中要安心(噢)。六别我的妹
哥妹才要两分开(噢)。八别我的妹
妹在家中有人帮(噢)。十别我的妹

| 2 5 6 2 1 6 | 1 1 3 5 6 | 1 6 5 3 0 |

出房门(啰　噢),只见老妹在面前(噢)。
回头看(啰　噢),不忍看见我娇连(噢)。
同妹说(啰　噢),革命成功才幸福(噢)。
好仁义(啰　噢),日思夜想不见你(噢)。
的的亲(啰　噢),妹在家中莫挂心(噢)。

| 6 5 6 1 2 | 2 5 6 2 1 6 | 1 1 3 5 6 |

二人牵手来分别(啰　噢),分别牵情
心中好似利刀割(啰　噢),割我哥妹
虽然今后各一方(啰　噢),忍心离别
全是反动国民党(啰　噢),害我哥妹
消灭敌人会胜利(啰　噢),革命成功

283

中央苏区（闽西）革命歌谣选

`1 6 5 3 0 :‖`

泪涟涟（噢）。
两离分（噢）。
情难断（噢）。
各东西（噢）。
回家庭（噢）。

毕业歌

1=C 4/4

`3 3 3 1 1 2 | 3 5 1 6 5 - | 6 1 3 1 2 - |`

亲爱的 同学 们， 数年 相琢 磨， 一旦 毕业 归，
亲爱的 同学 们， 白区 真可 怜， 一般 工农 友，
亲爱的 同学 们， 责任 在两 肩， 需要 负担 起，
亲爱的 同学 们， 曙光 在眼 前， 勇向 列宁 路，

`3 3 5 5 5 - | 6 6 6 5 3 3 5 3 | 2 - - - ‖`

临行 话别， 不禁 关心 革命 叮咛 多。
没吃 没喝， 正在 水深 火热 受熬 煎。
努力 去干， 替着 工农 群众 解倒 悬。
加鞭 猛进， 达到 大同 世界 自由 天。

第四辑　宣传武装斗争歌曲

武装暴动歌

1=C 2/4

5 5　5 3｜5 5　1.1｜2.1　2.3｜2　-｜
帝国　主义　统治　阶级　日在　崩溃　中，

1.1　2.2｜6.6　5 5｜3.3　5.3｜2　-｜
全国　工农　准备　武装　促成　大暴　动，

3.5　3.5｜6.6　6.5｜3.5　3.5｜6　-｜
打倒　军阀　肃清　豪绅　政权　归工　农，

1 1　2 2｜3 3　1 1｜6 6　2 2｜5　-‖
牺牲　精神　努力　奋斗　革命　快成　功。

工农红军到古田

1=C 3/4

自由地

5. 5 5 | 2 - - | 2 1 1 6 | ⁶5 - - ²⁷ |

工 农 红　军　　　　到 古 田　（啰），
工 农 红　军　　　　到 古 田　（啰），
工 农 红　军　　　　到 古 田　（啰），

5 1 6　2 1 6　5 1 | ¹6 - - | 5 3　5. 5 ²⁷ |

红 旗（啰）飘 扬　社 下　山，　解　开
革 命（呃）烽 火　红 满　天，　奴　隶
贫 苦（哎）农 民　分 到　田，　租　捐

2/4 2 1 6　2 1 6 | 3/4 5 - - ²⁷ | 5 1　1　6 5　⁶6 |

穷 人　的 枷　　锁，　　劳 苦（哎）工 农（哎）
翻 身　闹 革　　命，　　扩 大（哎）红 军（哎）
税 债　一 扫　　尽，　　口 唱（哎）山 歌（哎）

5 1 6　⁶5 - :‖

喜 连（啊）连。
保 政（啊）权。
心 里（啊）甜。

欢送同志去参军

1=C 2/4

中速稍慢

| $\dot{2}$ $\widehat{16}$ 6 $\dot{2}$ | $\dot{2}$ $\widehat{16}$ 5 $\widehat{6}$ | $\dot{2}$ $\widehat{16}$ 5 | 6 $\dot{2}$ $\dot{2}$ $\widehat{16}$ |

响洋　洋来　闹洋　洋（噢），剪掉　髻　子（啊）换（个）
石榴　开花　红尖　尖（噢），欢送　同　志（啊）去（个）
新做　红旗　五角　星（噢），自动　报　名（啊）当（个）
新做　红旗　四四　方（噢），红军　出　动（啊）到（个）

| 6 $\widehat{56}$ 5 $\widehat{5}$ | 6 $\widehat{26}$ $\widehat{656}$ | 6 $\widehat{22}$ 6 $\widehat{56}$ |

军（个）　装（噢），大家　同　志　努（呀）力（个）
参（个）　军（噢），只要　大　家　勇（呀）敢（个）
红（个）　军（噢），家庭　观　念　要（呀）打（个）
前（个）　方（噢），家中　劳　动　有（呀）人（个）

| 7 6. | $\dot{2}$ $\widehat{1\dot{2}}$ 6 $\widehat{5}$ | 6. $\dot{2}$ 6 $\dot{2}$ | 5 $\widehat{65}$ |

做（噢），尽心　革命　打（呀）上（个）杭（咧　嗨
做（噢），一心　一意　杀（呀）敌（个）人（咧　嗨
破（噢），消灭　敌人　才（呀）安（个）心（咧　嗨
帮（噢），要把　敌人　一（呀）扫（个）光（咧　嗨

287

5 — ｜

哟）！　　　（噢——喂）

哟）！　　　（噢——喂）

哟）！　　　（噢——喂）

哟）！　　　（噢——喂）

新打梭镖

1=D 3/4
♩=60

$\dot2$ 6 $\dot2$ — $\frac{5}{7}$ ｜ 6 6 6 $\dot2$ 2 6 ｜ $\dot2$ $\dot2$ $\dot2$ — $\frac{5}{7}$ ｜

（嗳呀咧）　　新打梭镖两面光（噢），

6 6 6 $\dot2$ 2 6 ｜ 6 6 6 — ｜ 6 6 6 $\dot2$ 2 6 ｜

拿起梭镖上前方（噢），　　　拿起梭镖杀敌

$\dot2$ $\dot2$ $\dot2$ — $\frac{5}{7}$ ｜ 6 6 6 $\dot2$ 2 6 ｜ 6 6 6 — ‖

去（噢），　　梭镖缴到盒子枪（噢）。

红旗插遍天下

1=F 4/4

3· $\underline{2}$ 1 $\underline{21}$ ｜ $\underline{77}$ 3 1 $\dot6$ — ｜ 3· $\underline{2}$ 1 $\underline{21}$ ｜ $\underline{77}$ 3 1 $\dot6$ — ｜

国 民党 统治 已经崩溃啦，　革命的 战争 已经扩大啦，

下卷 革命山歌、歌谣曲调选

$\underline{5}$ $\underline{5}$$\underline{5}$$\underline{4}$$\underline{3}$·$\underline{5}$ | $\underline{4}$$\underline{4}$$\underline{3}$$\underline{2}$$\underline{3}$ - | 3·$\underline{2}$ $\underline{1}$ $\underline{2}$$\underline{1}$ | $\underline{\dot{7}}$ 3 $\dot{6}$ - |
呵 工农兵 快 联合起来呀， 我 们的 枪口 瞄 准 他！

$\underline{3}$$\underline{2}$$\underline{3}$ $\underline{\dot{6}}$$\underline{\dot{5}}$$\underline{\dot{6}}$ | $\underline{3}$$\underline{2}$$\underline{3}$ $\underline{\dot{6}}$$\underline{\dot{5}}$$\underline{\dot{6}}$ | $\underline{\dot{5}}$ $\underline{5}$$\underline{4}$$\underline{3}$· $\underline{5}$ | $\underline{4}$$\underline{4}$$\underline{3}$$\underline{2}$$\underline{3}$ 3 |
霹雳拍霹雳拍， 手牵手向前杀， 扫清全世 界， 建立苏维埃哎，

3·$\underline{2}$ $\underline{1}$ $\underline{2}$$\underline{1}$ | $\underline{\dot{7}}$$\underline{7}$ 3 $\dot{6}$ - | $\underline{3}$$\underline{2}$$\underline{3}$ $\underline{\dot{6}}$$\underline{\dot{5}}$$\underline{\dot{6}}$ | $\underline{3}$$\underline{2}$$\underline{3}$ $\underline{\dot{6}}$$\underline{\dot{5}}$$\underline{\dot{6}}$ |
我 们的红旗 插遍天 下！ 霹雳拍 霹雳拍， 手牵手向前杀。

$\underline{\dot{5}}$ $\underline{5}$$\underline{4}$$\underline{3}$·$\underline{5}$ | $\underline{4}$$\underline{4}$$\underline{3}$$\underline{2}$$\underline{3}$ 3 | 3 $\underline{2}$$\underline{1}$$\underline{2}$ $\underline{\dot{7}}$ | $\underline{\dot{7}}$$\underline{7}$ 3 $\dot{6}$ - ‖
扫 清全世 界， 建立苏维埃 哎，我 们的红 旗 插遍天下！

前进曲

1=C 3/4

$\underline{5}$$\underline{3}$ $\underline{5}$$\underline{1}$ $\widehat{\dot{1}}$ | $\dot{1}$ $\underline{\dot{7}}$$\underline{6}$ $\underline{3}$$\underline{5}$ $\widehat{5}$ | 5 $\underline{5}$$\underline{5}$ $\underline{6}$ $\widehat{6}$ | 5 $\underline{4}$$\underline{3}$ $\underline{5}$$\underline{4}$ |
苏区青年， 勇敢向前， 加入红军， 冲锋上前线。

$\underline{6}$$\underline{6}$ $\underline{6}$$\underline{\dot{2}}$ $\dot{2}$ | $\underline{\dot{1}}$$\underline{7}$ $\widehat{\underline{6}$$\underline{5}}$ 5 | $\underline{5}$$\underline{5}$ $\underline{5}$$\underline{6}$ 7 | $\dot{2}$ $\dot{1}$ - ‖
夺取 城和乡， 扩大 苏 区， 争取 革命的 成功。

欢送红军出发歌

1=F 3/4

| 3 2 1 1 | 3 5 2 2 | 3 5 6 5 | 3 2 1 1 | 3 2 1 1 |

阶级敌人，对我围 攻， 三番五 次， 越来越 凶。反抗白军，

| 3 5 2 2 | 3 5 6 5 | 3 2 1 1 | 5 6 1 6 | 6 5 6 5 3 |

大家奋勇，唯我同志，群众先锋。走上战 场， 一气往前冲，

| 5 6 1 6 | 6 5 6 5 1 | 5 6 1 6 | 6 5 6 5 3 |

待到胜 利， 人人英 勇。 欢送出 发， 山河皆动容。

| 5 6 1 6 | 6 5 6 5 1 ‖

祝你胜 利， 早去早成功！

不怕白鬼来烧楼

1=G 2/4
♩=60

| 5 3 2 2 3 | 5 6 1 2 | 1 6 5 6 1 2 6 | 6 2 2 2 |

不 怕强 盗 （噢） 不 怕 偷， 不怕白鬼

| 2 6 2 6 5 | 6. 5 3 | 5 2 2 3 5 |

（斯）来 烧楼 （噢 噢哎）， 旧楼烧 掉

下卷　革命山歌、歌谣曲调选

（斯）不要紧（噢），革命成功（噢）盖新楼（噢　　噢哎）。打起红旗（噢）呼呼响（噢），工农红军有力量（噢），共产万年（斯）坐天下，反动终归（噢）唔久长（噢　喂）!

第五辑　扩大红军歌曲

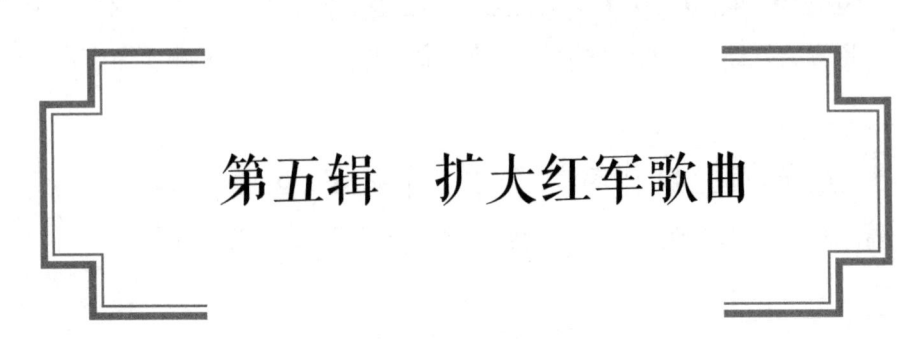

扩大红军歌（一）

1=F 4/4

5 5 5 2 | 3 1 1 - | 5 5 5 2 | 3 1 1 - |
大家踊跃　去前方，　　要打敌人　上战场，

2 2 3 4 5 3 | 2 - - 0 | 4 4 4 2 | 2 5 3 - |
快去莫彷　　徨。　　　莫要贪生　与怕死，

4 4 4 2 | 2 5 3 - | 1 2 4 3 2 1 | 1 - - 0 ‖
一齐扩大　铁红军，　才是　革命好儿　郎。

扩大红军歌(二)

1=C 4/4

3 5 5 5 | 6 5 6 1 6 5 - | 5 3 5 3 2 2 2 1 |
扩大 红军， 打到 潮汕 去， 推翻 国民 党的 统治，

2 2 2 3 2 - | 1 1 1 2 3 3 3 2 | 3 2 1 2 6 - |
肃清 反动 派， 联系 闽南 东江 赣南 工农 齐出 发，

2 1 6 1 2 1 6 1 | 5 5 6 5 5 - ‖
促进 全国 革命 高潮，建设 苏维 埃。

送郎当兵歌

1=C 2/4

2 2 3 | 2 3 6 1 | 2 - | 5 5 6 | 2 1 6 5 6 |

(妹)送 郎　　去 当　　兵，　　敌 人　　要 认
(哥)劝 妹　　转 家　　庭，　　切 莫　　挂 在
(妹)送 郎　　去 当　　兵，　　坚 决　　杀 敌
(哥)劝 妹　　转 家　　庭，　　做 事　　要 认
(妹)送 郎　　去 当　　兵，　　勇 敢　　向 前
(哥)劝 妹　　转 家　　庭，　　工 作　　要 加
(妹)送 郎　　去 当　　兵，　　纪 律　　要 守
(哥)劝 妹　　转 家　　庭，　　我 去　　杀 敌
(妹)送 郎　　去 当　　兵，　　亲 哥　　慢 慢

中央苏区（闽西）革命歌谣选

| 1.2 | 1 - | 123 | 2 - | 5627 | 6 - |

清（嗳哟），日本（啊）　强盗（啊），
心（嗳哟），我去（啊）　当兵（啊），
人（嗳哟），消灭（啊）　汉奸（啊），
真（嗳哟），我上（啊）　前线（啊），
进（嗳哟），家中（啊）　一切（啊），
紧（嗳哟），努力（啊）　生产（啊），
紧（嗳哟），不开（啊）　小差（啊），
人（嗳哟），驱逐（啊）　日寇（啊），
行（嗳哟），战胜（啊）　日寇（啊），

| 6 6 1 | 6 5 3 | 5 - | 6 2 1 6 | 5 | 6 3 | 5 - ‖

强占咱土　地。　哎嗨哎嗨　哟　哎嗨　哟！
光荣说不　尽。　哎嗨哎嗨　哟　哎嗨　哟！
革命快完　成。　哎嗨哎嗨　哟　哎嗨　哟！
杀死日本　兵。　哎嗨哎嗨　哟　哎嗨　哟！
你妹会当　心。　哎嗨哎嗨　哟　哎嗨　哟！
供养父母　亲。　哎嗨哎嗨　哟　哎嗨　哟！
要做模范　兵。　哎嗨哎嗨　哟　哎嗨　哟！
回答你的　心。　哎嗨哎嗨　哟　哎嗨　哟！
回来续旧　情。　哎嗨哎嗨　哟　哎嗨　哟！

劝郎当红军

1=D 2/4
♩=100

| 6 6 6 3 | ⁵ᵗ6. 3 5 5 | 6 2̇ 1̇ 6 | 5. 6 5 |

正月里来（叮 打叮呀）竹叶青（啊 呀 嗬嗨），

| 5 1̇ 1̇ 6 | 5. 6 1̇ 6 | 5. 6 1̇ 6 | 2̇ 5 1̇ 6 | 5. 6 5̇ |

我劝亲郎 （妹 子嫂 亲 郎哥） 当红军（呀 呀嗬嗨）。

| 5 6 1̇ 1̇ 6 | 5. 6 1̇ 1̇ 6 | 5. 6 1̇ 1̇ 6 | 5. 6 5 0 |

家庭 一切 （叮 打叮呀） 莫 挂念（呀 呀嗬嘿），

| 5 6 1̇ 1̇ 6 | 5. 6 1̇ | 2̇ 1̇ 1̇ 6 | 5 6 5 | 5. 6 5̂ ‖

快上 前线 （妹子嫂 亲郎 哥啊）打敌人（呀 嗬嗨）

送郎当红军

1=D 2/4 3/4
♩=64

| 5̂ 6 5 3 | 5 6 2 | 2̇ 1̇ 2̇ 5 6 | 6 5 5 - |

1. 送　郎　房门　前，　劝郎　当兵（啊）　莫贪　钱，
2. 送　郎　出房　间，　劝郎　当兵（啊）　心要　坚，
3. 送　郎　厅门　边，　劝郎　当兵（啊）　心莫　偏，
4. 送　郎　大门　前，　一轮　红日（啊）　升在　天，
5. 送　郎　大路　中，　别后　信息（啊）　要常　通，
6. 送　郎　拱桥　头，　铲除　豪绅（啊）　莫停　留，
7. 送　郎　出水　口，　反动　地方（啊）　莫乱　走，
8. 送　郎　十里　亭，　嘱咐　我郎（啊）　慢慢　行，

| 5 5 6 3 | 5 6 3 | 2̇ 5 6 | 2̇ 1̇ 2̇ 5 6 | 1̇ 6 5 5 - ‖

金　钱　主义　要打破，心肝哥，革命才有（啊）　出头天。
耐　劳　忍苦　去革命，心肝哥，莫要一心（啊）　想娇莲。
去　做　革命　要努力，心肝哥，群众拥护（啊）　乐无边。
黑　暗　地狱　过去了，心肝哥，光明大路（啊）　在面前。
胜　利　消息　要寄回，心肝哥，阿妹听了（啊）　乐心中。
靖　卫　团匪　要灭尽，心肝哥，坚决不让（啊）　他抬头。
如　被　反动　抓着了，心肝哥，从今以后（啊）　难回头。
革　命　胜利　回家转，心肝哥，那时再来（啊）　行长情。

欢送红军歌

1=C 2/4

2.3 21 | 6 5 6 1 | 2.1 23 | 2 - | 5 6 6 5 3 |
鼓 声咚咚 红旗飘扬 战 士好英 勇， 我们在这里

2 3 2 1 | 6 2 1 6 | 5 - | 1 6 1 2 | 3 2 3 | 3 5 6 5 |
立正敬礼 唱歌来欢 送， 送你们 前方去，消灭敌人

3 2 1 2 | 6 - | 6 1 6 5 | 5 5 5 | 3 1 2 3 | 3 3 3 |
大显威 风。 瞄准 的 叭叭叭，勇敢的冲，冲冲冲，

5 2 3 5 | 5 5 5 | 1 2 3 2 1 | 1 1 1 ‖
杀敌人 杀， 杀杀 杀， 革命胜 利 定成 功。

奋不顾身歌

1=G 4/4

3 3 - 2 1 | 2 0 3 3 | 3 2 7 1 - | 2.3 6 - 7 1 2 |
看啊 工友 们， 战 争 开始了。 离 开我 们的家
看啊 士兵 们， 战 争 开始了。 上 起我 们的刺
广州 的四 周， 血 肉 满天飞。 工 农红 旗高举
长沙 的江 边， 炮 火 轰连天。 我 们手 中有武

| 3 0 $\underline{5}$ 1 | $\underline{1\overset{\frown}{7}}$ $\underline{6}$ $\underline{5}$ 0 | 3 5 - $\underline{6 5}$ | 4 3 $\underline{6 5}$ |

乡，到 战　场上 去。　勇敢　　向前 作 战，拥 护
刀，跑步　杀上 去。　勇敢　　向前 作 战，拥 护
起，敌人　都落 魄。　勇敢　　向前 作 战，拥 护
器，与国　民党作 战。　勇敢　　向前 作 战，拥 护

| $\underline{5 4 2} 3$ - | $\underline{2 3} \underline{6}$ - $\underline{7 1} \underline{2}$ | 3 0 $\underline{5}$ 1 | $\underline{1 7} \underline{6} \underline{5} 0$ ||

苏维埃。　万众头　颅拼一 掷，奋勇　　不顾身。
苏维埃。　万众头　颅拼一 掷，奋勇　　不顾身。
苏维埃。　万众头　颅拼一 掷，奋勇　　不顾身。
苏维埃。　万众头　颅拼一 掷，奋勇　　不顾身。

风吹竹叶

1 =D $\frac{6}{8}$

♩=156

| $\underline{6\overset{\frown}{6} \underline{5}} 6$ $\overset{\frown}{2}\cdot$ | $\underline{\dot{2}\ 6}\ \underline{1}\ 5$ 6$\cdot$ | $\underline{\dot{2}\ 6}\ \underline{1}\ 6$ 5$\cdot$ |

风吹 竹叶　响叮（格）当（噢），当 年（格）红军
风吹 竹叶　响叮（格）当（噢），自 动（格）报 名

| $\underline{5\ 6}\ \underline{1}\ 6$ $\overset{5}{\underline{3 0}}$ | $\underline{5\ 5}\ \underline{6}\ 2\cdot$ | $\underline{\dot{2}\ 6}\ \underline{1}\ 5$ 6$\cdot$ |

涂坊（格）上（噢），朱德打得　汀州　　破（啊），
到前（格）方（噢），前方打倒　反动　　派（噢），

下卷 革命山歌、歌谣曲调选

$\dot{2}$ 6 $\dot{1}$ 6 5. | 5 6 $\dot{1}$ 6 $\overset{5}{\underset{}{3}}$ 0 ‖

打得（格）敌人　一扫　　光（噢）。
打得（格）敌人　一扫　　光（噢）。

韭菜开花一杆子心

1=C $\frac{2}{4}$ $\frac{3}{4}$

♩=84

6 3 $\dot{2}$ 2 | 3 6 $\dot{1}$ $\dot{2}$ $\dot{2}$ 0 | 3 6 6 $\dot{2}$ $\overset{12}{\underset{}{}}\dot{1}$ |

韭菜 开花 一杆（子）心（噢），剪掉 髻子 当
韭菜 开花 新又　　新（噢），剪掉 髻子 当

$\dot{2}$ $\dot{1}$ 6 5　5 0 | 6 3 6　$\dot{1}$ $\dot{1}$ | 3 5 $\dot{1}$ |

红　　军（噢），保护（格）红军 万万 年，
红　　军（噢），保护（格）红军 长长 久，

3 6 $\dot{1}$ 6 5 | 3 5 6 5　5 0 ‖

妇女（格）解放 真　开心（噢）。
扛起（格）红旗 打　南京（噢）。

299

红军永远为工农

1=D 2/4

羊角 花开 满山 红（啊），　　背头 山坪
红军 队伍 真威 风（啊），　　台上 站着

闹盈（啊）　盈（啊）；　三村　八隘
毛泽（啊）　东（啊）；　朱军 长对我们

群众　　到（啊），　父老兄弟 姐妹们，
发号　　召（啊），　父老兄弟 姐妹们，

红军 队伍 真威（啊）　风（啊）。（嗬嗬喂！）
红军 永远 为工（啊）　农（啊）。（嗬嗬喂！）

青年进行曲

1=C 2/4

| 1 1 2 2 | 3 2 1 6 | 1 2 6 5 | 3 5 3 2 |

革命青年要向 前，投进红军莫迟 延，
荷枪实弹志气 强，誓不忧愁不哀 伤，
破釜沉舟誓凯 旋，为党捐躯声名 扬，

| 3 2 3 5 5 | 1 6 1 5 | 3 2 6 5 5 | 3 2 1 |

为着 群众 谋利 益， 不怕 牺牲 不要 钱。
帝国 主义 国民 党， 个个 铲除 扫 光。
实现 东江 总暴 动， 建立 苏维 埃政 权。

新战士歌

1=A 2/4

| 3 3 5 | 3 3 5 | 3 2 1 | 5 5 3 | 2 - |

（领）我 们 是 个 新 战 士（呵啰 嗳），
　　 趁 现在粮食 有 困 难（呵啰 嗳），
　　 红 军 主 张 打 土 豪（呵啰 嗳），
　　 革 命 就 不 再 当 牛 马（呵啰 嗳），

中央苏区（闽西）革命歌谣选

```
    5  6· | 1  1͡6 | 5·  0 | 2  3͡3 |
（合）不  会   错（啰啊 嘿），（领）来  当那
    不  会   错（啰啊 嘿），    一  担米
    不  会   错（啰啊 嘿），    封  建的
    不  会   错（啰啊 嘿），    推  翻哪

2  3͡3 | 5·  6· | 1  1 | 2͡1  6͡5 | 5  - |
红军是 为 革 命（呀），（合）是  当   真。（领）
土豪要 两 石 还（哪），     是  当   真。
势力就 要 消 灭（呀），     是  当   真。
反动  去 当 兵（哪），     是  当   真。（合）

3  3͡5 | 3  3͡5 | 3͡2  1 | 5  5͡3 | 2  - |
红军 实行 除 捐 税（呵啰 嗳），
白军 凶恶 似 狼 虎（呵啰 嗳），
消灭 那人 压 迫 人（呵啰 嗳），
工农 不再 受 压 迫（呵啰 嗳），

5  6· | 1  1͡6 | 5·  0 | 2  3͡3 | 2  3͡3 |
不  会   错（啰啊 嘿）！废 除那 捐  税是
不  会   错（啰啊 嘿）！挑 不  起  担就
不  会   错（啰啊 嘿）！今 年  完  粮要
不  会   错（啰啊 嘿）！就 要那 赶  快的
```

下卷 革命山歌、歌谣曲调选

为工农（呀），是当真！（合）团结
鞭打人（呀），是当真！
九块钱（呀），是当真！
团结起（呀），是当真！

起来有力量（呵啰嗳），不会
错（啰啊嘿），打倒那反动的
国民党（呀），嘿！当主人！

庆祝前方红军胜利

1=G 2/4

红色战士们好英勇，消灭敌人整师士兵
俘虏万余众，得到了空前伟大光荣的胜利，

| 5　5　5 3 3 5 | 6 5 3 6 5　0 | 6 6 6 5 3 3 2 1 |

　动　摇　了国民党　反动的统治，　　　革命史上写上新的

| 2 2 5 5 1　0 | 5̣　1　3　1 | 3　2 1 5　- ‖

一页多光荣。　　红　军　胜　利　永　无　穷！

第六辑　红军军队歌曲

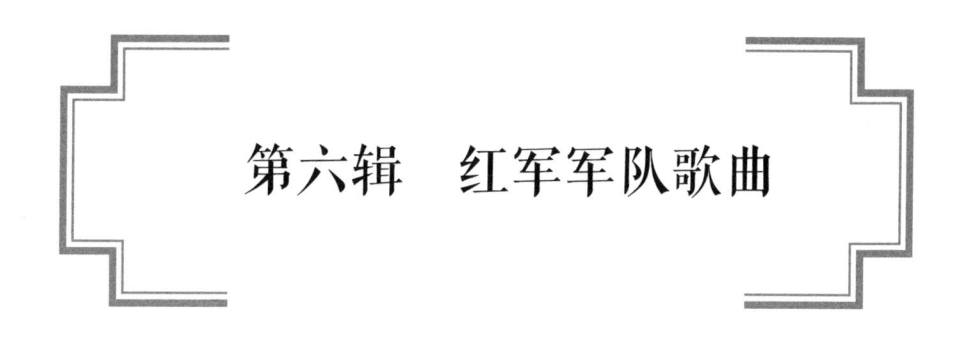

红军进行曲（一）

1=A 2/4

$\underline{5}$ 1 3 | 3 - | 1 3 2 | $\dot{5}$ - | 3.$\underline{2}$ 1 3 |
步伐齐整，　　红旗飞　舞，　　这是革命

2 1 2 | 2 1 3 | 5 $\underline{54}$ | 3 - | 2 3 7 6 |
的 先锋。打倒国民　　党，　　消灭反革

2 - | 2 1.$\underline{3}$ | 5 $\underline{23}$ | 1 7 6 | 2 - |
命，　　准备着热　血　和头 颅。

$\underline{5}$ 1 3 | 3 - | 3.$\underline{2}$ 1 3 | 5 - | 3 2 1.$\underline{7}$ |
武装暴　动，　　号召工农兵　　群众。拿起

1 - | 1 2 3 | 3 4 5 | 5 5 5 | 5 4 3 | 2 3 1 |
枪，　　向前冲，英勇地　向敌人　做斗争，齐 心

305

努力，我们是革命先锋。

2 7 | 1 -)‖

红军进行曲（二）

1=C 4/4

同志们快向前，快冲锋，　勇敢的进
同志们请觉悟，请看清，　哪些是敌
同志们你拿枪，我拿炮，　一齐向前
同志们向太阳，向光明，　向着大路

攻，　革命战争已开展，
人，　帝国主义国民党，
扫，　阶级敌人万分恶，
走，　同志们黑暗快过去，

胜利属工农。
地主和豪绅。
努力去杀掉。
曙光在前头。

红军永远向前进

1=C 4/4

5̲ 1 2 3̲2̲ 1 | 5 3̲ 2 1̲6̲ 5̲ | 6̲5̲6̲ 1 3̲ 2 — |
明 媚的 月光， 月光， 月光， 月光 他记 得
可 爱的 星光， 星光， 星光， 星光 他记 得

5 5 6̲5̲3̲ 5 — | 5 5 6̲5̲3̲ 2̲3̲1̲2̲ 3 |
照过 鲜红旗 帜， 照过 美丽 的 田 庄，
照过 白军营 地， 照过 红军 的 枪 杆，

3 5̲3̲2̲3̲2̲1̲5̲6̲ | 1̲2̲7̲6̲5̲ — | 5̲5̲6̲ 1̲6̲5̲ |
亦 照过红 军威 严的武 装。 红军是 工农的，
亦 照过赤 卫军 队的青 年， 冲破白 色战线，

5̲5̲6̲ 1̲6̲5̲5̲ | 5̲3̲2̲ 6̲1̲3̲1̲ | 2 — 1̲2̲3̲5̲3̲ |
消灭反 动势力， 我们都 分 田 地， 都有 房子
巩固苏 维埃政权，工农大 家 快乐 了， 大家 笑嘻

2 — 5 1 | 6̲1̲2̲3̲ 6̲1̲5̲6̲1 | 5̲3̲2̲ 1̲6̲5̲ |
住， 革命 成功幸福享 不 尽。 奋斗奋斗
嘻， 一 齐 庆祝革命的 胜 利。 欢呼欢呼

奋斗　奋斗，勇敢的红　军，　　　　　　　勇敢的红　军，
欢呼　欢呼，快乐的欢　呼，　　　　　　　快乐的欢　呼，

勇敢的红军　永远向　前　进。
快乐的欢　呼　革命必然胜　利。

我们红军歌

1=D 2/4

1. 我们 红军　专打地主　资本家，保护　苏维埃　中　　华。
2. 苏区 工人　实行劳动　保护法，管理　国家顶　呱　　呱。
3. 平分 田地　劳苦农民　快乐啦，要求　武装保　卫　　它。
4. 送饭 烧菜　大家自动　当侦察，碰见　白军真　说　　假。
5. 草鞋 布衫　成群结队　手拿枪，不是　红军我　不　　嫁。
6. 小小 年纪　也会站岗　学打靶，怨我　生得太　迟　　啦。
7. 上海 工人　红色飞机　第一架，捐助　庆祝满　天　　下。
8. 抗日 反帝　杀尽国民　党军阀，勇敢　冲锋死　不　　怕。
9. 我们 红军　举起红旗　向前冲，红旗　插遍全　中　　华。

$\underline{\dot{1}\cdot 7}\ \underline{6\ \dot{1}}\ |\ \underline{\dot{1}\ 7}\ \underline{\dot{1}\ 6}\ 5\ |\ \underline{\dot{2}\ \dot{2}}\ \underline{\dot{1}\ 7\ 6}\ |\ \underline{5\ 5}\ 5\ ‖$

（哎 哎 哎哎）红军红军 呀， 工农 自己的 红军 呀。
（哎 哎 哎哎）红军红军 呀， 工人 领导的 红军 呀。
（哎 哎 哎哎）红军红军 呀， 农民 联合的 红军 呀。
（哎 哎 哎哎）红军红军 呀， 群众 帮助的 红军 呀。
（哎 哎 哎哎）红军红军 呀， 妇女 慰劳的 红军 呀。
（哎 哎 哎哎）红军红军 呀， 儿童 羡慕的 红军 呀。
（哎 哎 哎哎）红军红军 呀， 远近 拥护的 红军 呀。
（哎 哎 哎哎）红军红军 呀， 百战 百胜的 红军 呀。
（哎 哎 哎哎）红军红军 呀， 最后 胜利的 红军 呀。

红军行军歌

1=C 2/4

$\underline{1\ 1}\ \underline{\dot{2}\ \dot{2}}\ |\ \underline{3\ \underline{2\ 1}}\ 6\ |\ \underline{\dot{1}\ \underline{2\ \dot{1}}}\ \underline{6\ 5}\ |\ \underline{3\ 5}\ 1\ |$

当兵 就要 当红 军，处处 工农 来欢迎，
当兵 就要 当红 军，配合 工农 打敌人，
当兵 就要 当红 军，退伍 下来 不愁贫，
当兵 就要 当红 军，冲锋 陷阵 杀敌人，

$\underline{3\ \underline{2\ 3}}\ \underline{5\ 5}\ |\ \underline{\dot{1}\ \underline{6\ \dot{1}}}\ 5\ |\ \underline{3\ \underline{2\ 3}}\ \underline{6\ 5}\ |\ \underline{3\ 2}\ 1\ ‖$

官长 士兵 都一 样，没有 人来 压迫 人。
买办 豪绅 和地 主，杀他 一个 不留 情。
会做 工的 有工 做，会耕 田的 有田 耕。
消灭 反动 国民 党，民权 革命 快完 成。

中国人民解放军闽粤赣边区纵队队歌

1=B 4/4 3/4 2/4

金沙暴动工农起家,三年游击战碧血鲜花。抗敌烽火正浓烈,健儿们龙岩集结,慷慨上征途,转战江南江北。二十年坚苦斗争,风寒雨雪,千百次惊涛骇浪,天崩地裂。全民族为人民高举起毛泽东的旗帜,大麻出击,三乡歼敌,燃烧起灿烂的火花。火花,火花,烧遍了闽粤赣边的原野。

| 0 1 i | 0 3 ȝ | 6 6 6 6 6 6 | 3 3 0 |

火花， 火花， 烧毁 国 民 党 的 统 治，

| ȝ ȝ ȝ 0 | 2̇ 0 ȝ 0 | 7 0 ȝ 2̇ | 1̇ 2̇ ȝ | ȝ — |

烧毁 蒋 宋 孔 陈 四 大 家。

| 5 5 i i i i 3 3 | 0 ȝ 2̇ ȝ 2̇ 1̇ 7 6 |

火花 火花 烧吧 烧吧， 以 胜 利 的 火 花，

| 6 6 ȝ. 2̇ 1̇ 7 6 | 0 ȝ 2̇ ȝ 2̇ 1̇ 2̇ ȝ |

迎接 大军 南 下。 以 胜 利 的 火 花，

| 6 1̇ ȝ 2̇ 1̇ 2̇ 1̇ 7 6 | 0 ȝ 2̇ ȝ 2̇ 4̇ 2̇ ȝ |

创造 闽 粤 赣 边 解 放 区。 以 胜 利 的 火 花，

| ȝ. 2̇ 1̇ 2̇ 2̇ 1̇ 7 2̇ | ȝ 1̇ — 0 ‖

建立 新 民 主 主 义 新 中 华！

奋斗歌

1 = C 2/4

| 1̇. 1̇ 1̇ | 5. 5 5 | ȝ. ȝ 2̇ 1̇ | 2̇ 0 | ȝ ȝ ȝ 5 |

奋斗哟， 奋斗哟， 顽强 奋 斗 哟， 不怕 敌人

的枪炮，不怕敌人来围剿，不怕敌人

欺骗多巧妙。顽强去奋斗，死也不逃

跑，同志们呀，我们胜利必来到！

保卫根据地战斗曲

1=C 4/4

我们本是工农政府有力的柱石，

完成中国革命就是我们的天职。

为了红区发展巩固大家努力吧，英勇红色战

士！我们永远冲在最前头，流着最后一滴

下卷 革命山歌、歌谣曲调选

$5 - 3 - | 5. \underline{4} \underline{3 5} \underline{1 \dot{2}} | \dot{3}.\dot{3} \dot{1}. \dot{1} |$
鲜　　血，　　为　着　保卫　我们　根据地　拼

$\dot{2}. \underline{\dot{2}} \dot{1} 7 | \dot{1} - - 0 :\|$
最　后一　滴　　血。

大家要努力

$1= ^{b}E \quad \frac{2}{4}$

$\underline{3\ 5}\ 6 | 6\ \dot{1}\ \underline{6\ 5}\ \underline{5\ \widehat{6}\ 5} | 3 - | \underline{3\ 6}\ \underline{5\ 3} |$
战 士们　高举着 先锋旗　　帜，　奋勇向前

$2\ \underline{3\ 2} | 1\ \underline{6\ 1}\ \underline{\widehat{5}\ 6} | 1\ \underline{2\ 3} | 5\ \underline{6\ 5}\ \underline{1\ \widehat{6}} |$
进, 配合 那全国红　军, 要实现 总的反

$5\ \underline{5\ 6\ 5} | 3\ \underline{3\ 2\ 3\ 1\ 2} | 3\ \underline{2\ 1} | 2\ 5 | 1 - \|$
攻, 创造新 的革命根据 地, 大家 要努 力!

伟大的使命歌

$1= C \quad \frac{2}{4}$

$1\ \underline{1\ 3} | 2\ \underline{\widehat{2}\ 1} | \underline{2\ 2}\ \underline{3\ 3} | 5 - | 6\ \underline{6\ 5} |$
同 志们 快来，　快来 当红军，　　 伟 大的

313

| 1 1 6 6 | 5 5 5 3 | 2 - | 1 1 1 | 2 2 5 5 |

使 命　　解放工农 兵。　想帝国　主义军阀

| 3 3 5 5 | 6 - | 1 1 2 2 | 6　5 5 |

豪绅真可 恨，　　压迫与屠 杀　工农

| 6 6 6 2 | 1 - | 1 1 1 1 | 2 1 6 | 5 5 3 1 |

痛苦到万 分。 红军大战 保山河, 改造鲜红

| 2 - | 3 3 2 1 2 | 3　5 5 | 6 6 6 1 6 | 5 - |

色。 壮哉红军 兵, 瞄准 枪头　来杀 贼。

| 1 1 1 | 6 6　5 5 | 3 3 2 3 | 5 - | 2 2 2 1 |

愿 同志 起来, 奋发 精神洒热 血。　一致向前

| 6 6 5 3 | 2 2 3 2 1 | 1 - ‖

努力创造　劳动共和　国！

杀敌歌

1 = C $\frac{2}{4}$ $\frac{3}{4}$

| 5. 4 3 5 | 1. 2 1 | 1. 6 5 1 | 1. 6 5 | 5. 4 3 5 |

帝 国主义 与 军阀， 他 是工农 死 对头， 压 迫剥削

| 1 2 3 3 | $\dot{2}$ $\dot{1}$ 2 - | 5·4 3 5 | $\dot{1}$·$\dot{2}$ $\dot{1}$ | $\dot{1}$·6 5 $\dot{1}$ |

我们痛苦 好难受， 枪儿刀儿 在 我手， 杀 敌正是

| $\dot{1}$·6 5 | $\dot{3}$·$\dot{2}$ $\dot{1}$ 6 | $\dot{1}$ 5 6 5 | 6 $\dot{2}$ $\dot{1}$ - | $\dot{3}$ $\dot{3}$ |

这 时候， 一战再战 以至百战 气不休。 杀 敌

| $\dot{3}$·$\dot{2}$ $\dot{1}$ 6 | 5 - - | $\dot{1}$ - - | $\dot{2}$ $\dot{2}$ | $\dot{3}$·$\dot{2}$ $\dot{1}$·$\dot{3}$ |

杀 得赤 血 流。 革 命 精神被抖

| $\dot{2}$ - | 5·4 3 5 | $\dot{1}$·$\dot{2}$ $\dot{1}$ | $\dot{1}$·6 5 $\dot{1}$ | $\dot{3}$·$\dot{2}$ $\dot{1}$ 6 |

擞， 枪儿刀儿 在 我手， 向前杀敌 我们要把

| $\dot{1}$ 5 6 5 | 6 $\dot{2}$ $\dot{1}$ | $\dot{1}$ - ‖

红旗飘扬 遍全球。

红军青年竞赛歌

1 = C $\frac{2}{4}$

| 5 - 1 - | 2 5 4 2 1 - | $\dot{1}$ $\dot{2}$ $\dot{1}$ 6 5 - | 4 2 4 6 5 - |

青 年 竞赛的合同， 三个月完成。 大家记在心，

| $\dot{1}$ 6 5 4 6 5 | 2 5 4 2 1 - | 2 2 2 6 5 - |

"四个不""五个要" 还有"三努力"。 一不要掉队，

2 1 6 5 1 - | 5 5 6 1 3 - | 5 5 3 2 5 1 - |
二不要逃跑，　　三不要疾病，　　四不要犯纪律。

1 2 4 4 2 4 2 1 | 6 1 2 4 1 - | 1 2 1 6 5 - |
一要 青年 认字 三百，要向 报投 稿，　青年 队的 课，

4 2 4 6 5 - | 1 6 5 4 6 5 | 2 5 4 2 1 - | 2 2 2 6 5 - |
七 天上一次。 一个月开晚会， 至少要两次。　三要模范组，

2 1 6 5 1 - | 5 5 6 1 3 - | 5 3 2 5 1 - |
四要工作队，　　地方的工作　　都要先进行。

1 2 4 4 2 4 2 1 | 6 1 2 4 1 - | 1 2 1 6 5 - |
五要 培养 青年 干部 多注 意工 人，　努力 扩大 团，

4 2 4 6 5 - | 1 6 5 4 6 5 | 2 5 4 2 1 - |
努力学军事。　　三要努 力转变　 工作的作风。

2 2 2 6 5 - | 2 1 6 5 1 - | 5 5 6 1 3 - |
工作要积极，　　发展创造性，　　经常要巡视，

5 3 2 5 1 - | 1 2 4 4 2 4 2 1 | 6 1 2 4 1 - ‖
工作 才深 入。 每个 青年 百分 之百 努力 去执 行。

赤卫战士顶呱呱

1=D 6/8
♪=158

赤卫战士 顶呱（哎） 呱（啊），正月十七（啊）打桥（哎） 下（哎），打败白匪（哎）马洪（哎） 顺，缴获马 匹（噢）三十（啊） 七（噢）。

坚持游击唔怕饥

1=E 2/4
♪=72

革 命唔怕 （噢） 经风 雨（噢），山作床 铺

树作 被（噢），干粮 唔足草 根 凑（哎），

坚持游 击（噢） 唔怕 饥（哎）。

第七辑　瓦解敌军歌曲

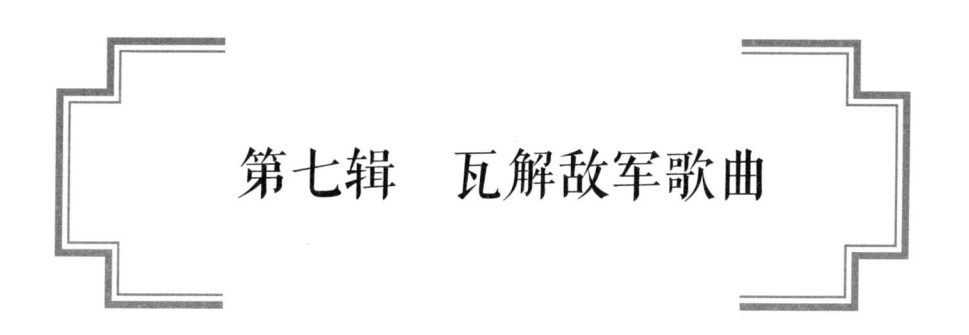

奉劝白军弟兄歌

1=C 2/4

| 1 1 2 2 | 3 2 1 6 | 1 2 6 5 | 3 5 1 |

1. 奉劝白军弟兄们，红军原是工农军，
2. 奉劝白军弟兄们，贫富阶级要认清，
3. 奉劝白军弟兄们，千万苦楚已受尽，
4. 奉劝白军弟兄们，军阀压迫真狠心，
5. 奉劝白军弟兄们，主张抗税把田分，
6. 奉劝白军弟兄们，不打士兵不欠饷，
7. 奉劝白军弟兄们，莫替军阀当炮灰，

| 3 2 5 5 | 1̇ 6 5 | 3 2 6 5 | 2 3 1 ‖

不 杀 白 军 的 士 兵， 只 杀 军 阀 与 豪 绅。
富 人 阶 级 国 民 党， 穷 人 阶 级 工 农 兵。
只 有 分 田 是 出 路， 回 去 赶 快 把 田 分。
回 去 组 织 闹 暴 动， 暴 动 起 来 干 革 命。
男 女 平 等 讲 自 由， 只 要 愿 意 就 结 婚。
长 官 士 兵 像 兄 弟， 官 兵 生 活 都 一 样。
赶 快 觉 悟 拖 枪 来， 拖 枪 过 来 当 红 军。

白军士兵你来听

1=♭G 2/4
♩=72

| 5 5 3 3 | 2 3 2 1 6 | 1 1 2 3 2 3 5 | 2 2 3 5 3 2 |

白军 士兵 你来 听， 你们 都是 穷苦的 人，

| 1̇ 1̇ 6 2̇ | 1̇ 1̇ 6 | 5 5 6 1̇ | 5 5 5 1̇ |

无 职 业 才 去 当 兵， 哎

| 6 6 2̇ | 1̇ 6 5 6 1̇ | 5 6 1̇ 2̇ 3̇ | 1̇ 6 5 6 1̇ | 5· 6 |

哎 哟 哎 哟， 无 职 业 才 去 当

| 5 (6 2̇ | 1̇ 1̇ 6 5 6 1̇ | 5 5 6 | 5 — :‖

兵。

抓兵歌

1=C 4/4

`6 1̇ 3̇ 1̇ 6 | 1̇ 3̇ 1̇ 6 - ↓ | 1̇ 6 1̇ 5 1̇ 6 | 1̇ 3̇ 1̇ 1̇ 6 |`

丁丑年来不太平，老蒋抓　兵害　死
当兵本是国家事，如何缚　着变　犯
赤脚走路真是苦，走路难　行他　要
我自受苦过得些，家中大　小靠　谁

`6 - - - | 6 1̇ 3̇ 1̇ 6 | 1̇ 3̇ 1̇ 6 - ↓ | 1̇ 3̇ 1̇ 6 6 |`

人，　　三丁抽二五抽三，　单丁独子
人？　　一日三餐吃不饱，　夜间无铺
捕，　　没有草鞋又没鞋，　想到苦情
人？　　受苦受气又受惊，　这等苦日

`1̇ 3̇ 1̇ 6 3 6 | 6 - - - ‖`

也抽　征也抽　征。
来安　眠来安　眠。
只好　哭只好　哭。
有谁　怜有谁　怜。

白军苦

1=C 4/4

5 1̂2̂321 | 5̂32 1̂6̂5 | 6̂5̂6 1̂3̂2 - |
暖和的太阳　太阳太阳，太阳他照过

5̲5̲ 6̲5̲ 3 5 - | 5̲5̲ 6̲5̲ 3̲ 2̲3̲ 1̲2̲ 3 |
白军军官的脸，　照过军官　的　衣裳，

3 5̲3̲ 2̲3̲2̲1̲ 5̲6̲ | 1̲2̲ 7̲6̲5̲ - | 5̲5̲ 6̲1̲6̲5̲ |
也 照着黄 面消 瘦的士兵。　军官 有太太爱，

5̲5̲ 6̲1̲6̲5̲ | 5̲3̲2̲ 6̲1̲3̲1̲ | 2 - 1̲2̲3̲ 5̲3̲ |
太太 有军官爱，士兵有 谁 爱你 呢？　有谁 顾你

2 - 5 1 | 6̲1̲2̲.3̲ 6̲1̲5̲6̲1̲ | 5̲3̲2̲ 1̲6̲5̲ |
呢？（哎 哟）每天只 有火　线 上，打仗 打仗

2̲3̲1̲2̲ 3 6̲3̲5̲ | (6̲2̲1̲6̲3̲5̲) | 6̲2̲1̲ 6̲3̲5̲ |
打 仗打仗，　　　　　可怜的 士 兵，

(6̲3̲5̲3̲5̲6̲1̲5̲) | 1̲3̲2̲ 5̲3̲2̲ | (5̲3̲2̲3̲5̲3̲1̲2̲) |
　　　　　　可怜的士 兵，

2̲3̲5̲ 1̲6̲5̲ | (1̲6̲5̲ 3̲5̲6̲1̲5̲) | 5̲6̲1̲ 5̲ 1̇ |
可怜的 士 兵，　　　　　　可怜的 士 兵，

1̇2̇ 6̲1̲5̲6̲ 1̇ - ‖
快到红 军 来。

下卷　革命山歌、歌谣曲调选

第八辑　苏区政权建设歌曲

建立苏维埃

1=C 3/4

5　5　5 | 3 5 6 — | 6 1 5 — | 3 2 3　5 | 3 2 1 — |
来！来！来！打倒那　　反动派！　哪怕他　　多疯狂，

1 2 1　— | 3　3 5 6 1 | 1. 6 5　— | 5 6 5　— |
多厉害，　　建　立起工农　兵　政府　　　苏维埃，

3　3 5 6 1 | 1 6 5　— | 5 6 1　— ‖
建　立起工农　兵政府　　苏维埃。

现今人民作了主

1=C 2/4 3/4
♩=42

日头 唔出（哟） 云遮 来，山歌 唔唱
心 唔开（哪）。现今 人 民（呢）作了 主 （哎），
好 比 铁 树（呀） 开了 花（噢）

苏区政权一枝花

1=♭B 2/4 3/4
热烈 欢快地

苏 区政权 一呀一枝花，（切呀切冬切 里格）
一 枝 花，花根扎在 穷 人 家。

下卷 革命山歌、歌谣曲调选

（七大 七大 七冬 匡许个嗟哒）毛委员亲手

来栽培，花红千里香万家，毛委员亲手

来栽培，花红千里（哟喂）香万家，（噢）

（呜喂！）

自由结婚歌

1=F 2/4

灿烂的轻云飘 着，暖和的

太阳照 着，锦绣的河山住

着，优雅的音乐奏 着，多好

325

| 5̣ 35 | 321 0 | 1 0 | 6̣1 6̣1 6̣5̣: ||

呀 自由 结婚好， 好！ 新郎新 娘

我们两 人

| 3 5̣ | 6̣1 5̣6̣ | 1 2 | 5 - | 1 - | (5356 |

从 此 永远 甜蜜 和 好。

| 1. 2 | 53 56 | 12 35 | 21 6̣1 5̣6̣ | 1. 6̣ |

| 25 35 | 1. 0) ||

工人纠察队

1=B 4/4

| 5 | 1̇. 7 1̇ 2̇ | 1̇. 7 6 5 | 1̇. 7 1̇ 2̇ | 5 - - 6 |

武 装起来呵，阶级斗争 我们打先 锋。 我

| 2̇. 1̇ 2̇ 3̇ | 4̇. 3̇ 2̇ 1̇ | 1̇. 5 3 2 | 1̇ - - 1̇ |

们要打倒 统治阶级， 解放工农 兵。 我

| 6. 1̇ 7 6 5 7 | 3̇ - 0 3̇ | 4̇. 3̇ 2̇ 1̇ 7 6 | 3̇ - - 5 |

们要革命成 功， 怕什么 流血通 红， 我

326

| $\dot{3}\cdot\underline{\dot{3}}$ 4 $\dot{3}$ | $\dot{2}\cdot\underline{7}$ $6\cdot\underline{6}$ | $5\cdot\underline{5}$ $2\cdot\underline{5}$ | $\dot{3}$ - - 5 |

们 是 无 产　阶 级 前 锋, 革 命 先 锋　队!　　我

| $\dot{3}\cdot\underline{\dot{3}}$ 4 $\dot{3}$ | $\dot{4}\cdot\underline{\dot{6}}$ $5\cdot\underline{\dot{3}}$ | $5\cdot\underline{\dot{3}}$ $5\cdot\underline{\dot{5}}$ | $\dot{1}$ - - - ‖

们 是 无 产　阶 级 前 锋, 革 命 先 锋　队!

工农剧社社歌

1=C 2/4

| $\underline{5}$ 1 | $\underline{12}$ $\underline{32}$ | $\underline{17}$ $\underline{\dot{6}}$ | $\underline{22}$ $\underline{21}$ | $\underline{76}$ 5 |

我　们　　工 农 革 命　的 战　士,　　讲 述 是 我　们 武 器,

| $\underline{5554}$ | $\underline{321}$ | 5　6 | $\underline{666}$ | $\underline{545}$ | 3 - |

为 苏 维 埃　而 斗 争。　暴　露　　旧 社 会　　的 黑 暗, 并

| 5　6 | $\underline{666}$ | $\underline{545}$ | 5　1 | $\underline{12}$ $\underline{32}$ | $\underline{1\overset{\frown}{7}}$ $\underline{\dot{6}}$ |

指　出　新 社 会　　的 光 明, 创　造　　歌 谣、故 事, 英　雄

| $\underline{22}$ $\underline{21}$ | $\underline{7}$ $\underline{\dot{6}}$ | $\underline{5\overset{\frown}{5}}$ | $\underline{55}$ | $\underline{54}$ | $\underline{32}$ 1 ‖

就 是 革 命 战 争 中　　赤 色 革 命 的 战　士!

中央苏区（闽西）革命歌谣选

第九辑　拥军支前歌曲

拥护红军万万年

1=D 2/4 3/4

响连　连来　　闹连　连咧，

打倒　土豪　又分　田（哎）；打　　倒

反动　　国民　党（哟），　　拥护

红军　　万万　年（咧）。

红军最光荣

1=F 4/4

$\dot{2}$ 1 $\dot{2}$ 1 | 6 5 6 1 5 - | 5 6 $\dot{2}$ $\dot{1}$ 6 5 3 |
红军 红军 最 光 彩， 为了 苏维 埃 政权

6 5 3 5 1 - | 3 2 3 6 5 - | 3 2 3 6 5 - |
而 奋 斗， 家属 有优 待， 人人 都爱 戴，

5 6 1 2 6 5 3 | 5 6 2 6 1 - ‖
踊跃 参加 红军去， 打倒 反动 派。

慰劳红军歌

1=C 2/4

3 2 1 6 | 5 6 5 | 5 3 2 | 5 3 2 | 3. 2 1. 6 |
妇女 同志 赶快 来， 慰劳 去， 慰劳 去。红 军 作 战

5 6 5 | 5 3 2.5 | 1 - | 2.3 2.3 | 2.3 2 |
真辛 苦， 慰劳表寸 心。 要 把 物品

2 3 4 | 5 2 | 2.3 2.3 | 2.3 2 | 2 3 4 | 5 - |
赠送 他们， 他们衣服 穿脏了， 替 他们 洗。

| $\dot{5}$ 5 1 1 | 3 3 5 | 3 3 2 | 3 1 2 | $\dot{5}$ 5 1 1 |
但愿 红军 齐努 力， 把敌 人　消灭 尽，　红军 红军

| 3 3 5 | 3. 3 2. 3 | 1 - ‖
真辛 苦， 慰劳 表寸　心！

细编斗笠送亲人

1=D 2/4 3/4

| $\dot{2}$ 6 $\dot{2}$ $\dot{2}$ | 7 6 5 | 5 5 5 6 0 | $\dot{2}$ 6 7 6 |
深山 黄竹 根连 根， 细编 斗笠　　送（啊）亲（格）

| 5 - | $\dot{2}$ $\dot{2}$ 1 6 0 | $\dot{2}$ 6 1 6 | 7 6 - 5 | 5 5 5 6 0 |
人。 翻山 越岭　戴（啊）头上（噢），　顶风冒雨

| $\dot{2}$ 6 7 $\dot{2}$ | 6 - | 6 5 - | 5 5 5 | ‖
好（啊）进（格）军　　　　　　（咧嗨　哟）。

欢送红军出发歌

1=F 3/4

| 3 2 1 1 | 3 5 2 2 | 3 5 6 5 | 3 2 1 1 |
阶级 敌 人， 对我 围 攻， 三番 五 次， 越来 越 凶。

下卷 革命山歌、歌谣曲调选

3 2 1 1 | 3 5 2 2 | 3 5 6 5 | 3 2 1 1 |
反抗白 军， 大家奋 勇， 惟我同 志， 群众先 锋。

5 6 1̇ 6 | 6 5 6 5 3 | 5 6 1̇ 6 | 6 5 6 5 6 |
走上战 场， 一气往前冲， 战胜敌 人， 我军真英勇。

5 6 3 5 6 | 6 5 6 5 3 | 5 6 1̇ 6 | 6 5 6 2 1̇ ‖
送你上前线， 山河皆动容。 祝你胜 利， 早去早成功。

军民合作阵地牢

1=G 2/4

2̇ 1̇ 2̇ 2̇ 6 | 3̇ 1̇ 2̇ 2̇ | 1̇ 2̇ 6 2̇ 6 | 6 5 5 5 |
松毛 岭上 红旗 飘（噢）， 红军 战士 逞英 豪（噢）；

1̇ 1̇ 2̇ 2̇ 6 | 1̇ 1̇ 2̇ 1̇ 6 | 0 6 5 6 | 6 2̇ 6 1̇ |
岭下 人民 齐支 援（啊）（啊）， 军民 合作

6 5 5 5 ‖
阵地 牢（噢）。

袋袋食盐送上山

1=F 2/4
♩=84

5 5　6̂1 5 ｜ 6̂1 2 - ｜ 1̂ 6 2　1̂ 1̇ 6 ｜ 5 5　6 1̇ ｜
羊角　花 开（哟）　　三 月　三（啊），袋袋　食盐

6 5 6 6　｜ 6 3　0 ｜ 5 5 1̇ 6̂ 1̇ ｜ 2̇ 6 1̇　6̂ 5 ｜
送 上 山（哎），　　　革 命 群 众　心 似 火（呀），

1̇ 6 5　6 5 ｜ 5̂ 6· 1̇ ｜ 1̇ 2̇ 6 5　5 ｜ 5 - ‖
烧 毁　万 道（哟）　封　锁 线（噢）。

"五一"世界劳动节

1=G 4/4

5 - 1 - ｜ 2 5　4 2 1 - ｜ 1̇ 2̇　1̇ 6 5 - ｜
"五　　一"　　世界 劳动 节，　美国 的工 人
"五　　一"　　世界 劳动 节，　年年 到今 天

4 2　4 6 5 - ｜ 1̇ 6 5　4 6 5 ｜ 2 5　4 2 1 - ‖
曾经　在此 日，　大罢 工 来示 威　争到 大利 益。
工人　都集 合，　资本 家 看见 了　心中 非常 吓。

下卷　革命山歌、歌谣曲调选

2 2 2 6 5 — | 2 1 6 5 1 — | 5 5 6 1 3 — |
八小时工作，　　口里便喊出，　八小时教育，
俄国的革命，　　成功在十月，　工人来专政，

5 3 2 5 1 — | 1.2 4 4 2 4 2 1 |
八小时休息。　　这个消息传播世界
问题都解决。　　无产阶级要想出头

6 1 2 4 1 — ‖
工人都欢喜。
就要像俄国。

长岭寨上打一仗

1=C 4/4

3 1 2 5 5 5 4 2 1 | 1 — 1 4 2 |
红军出发东（呀）坡（个）　岗，　　火烧（咧）

1 2 3 4 3 2 1 | 1 — — — | 1 3 3 2 3 5 1 3 |
衙门都浪荡光（噢），　　　　　　长岭寨上打（呀）一（个）

2 — 1 — | 1 3 3 2 3 5 1 3 | 2. 1 1 1 — ‖
仗　（咧嘿），打死郭匪楼（呀）梯（个）扛（咧嘿哟）

（注：郭匪，指在长岭寨战斗中被击毙的军阀郭凤鸣。）

333

当年红军涂坊上

1=D 6/8

风吹 竹叶 响叮 当（啊），当年 红军 涂坊 上， 朱德 打得 汀 州 破（啊），打得 敌人 一扫 光（噢）。

第十辑　抗日救亡歌曲

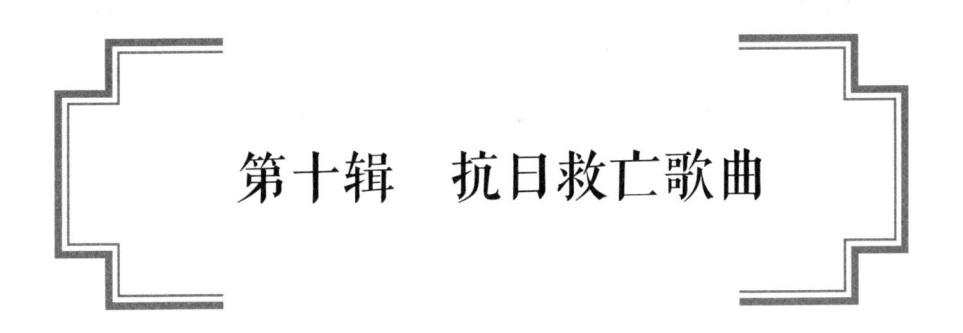

共产党有主张

1=F 2/4
♩=68

| 1̄3̄ 3 5.6̄ | 1̄2̄1̄ 6 0 | 1̄2̄1̄ 6 5̄6̄ |

国　民　党　成什么　样，日本　　打来
共　产　党　有主　　张，领导　　群众

| 1̄2̄1̄ 6 5 0 | 1̄2̄1̄ 6 5 | 3̄5̄ 2 3 5 |

退到长　江，死也不打仗，死也不抵抗，
把　日　抗，工农的武装，一直上战场，

| 1̄2̄6̄5̄ 1̄2̄6̄5̄ | 3̄5̄ 2 3̄ 5 | 2̇ 2̇ 3 0 |

节节败退节节败退 退出石家庄，张作霖
百战百胜铁的红军 真　顽　强，一心坚决

将兵二十多万 全不抵抗,只令缴 枪。
把 日 抗, 看你同志 勇敢不勇敢,

祸国卖国的 张作霖,见了日本 就投降,
拿起梭镖 拿起枪,坚决跟着 共产党,

这样中国 怎能不 亡!
一定打到日 本 亡!

送 别

1=C 4/4

1.妹 在(呀) 房内(呀) 闷 沉 沉,
2.送 哥(呀) 送到(呀) 长 亭 边,
3.我 哥(呀) 此去(呀) 要 奋 斗,
4.哥 你(呀) 不要(呀) 多 担 心,
5.不 怕(呀) 敌人(呀) 枪 炮 猛,

下卷 革命山歌、歌谣曲调选

| 2̇ 1̇ 2̇ 1̇ | 3̂5̂ 6̂1̂ 5 5̂3̂ | 2 5 5 2 |

忽 听 相 好 要 出 征（哎哟），两 目 泪 淋
妹 有 言 语 万 万 千（哎哟），听 我 细 叮
不 敢 无 胆 怕 艰 苦（哎哟），打 倒 日 本
尽 忠 报 国 好 名 声（哎哟），勇 敢 作 战
若 上 战 场 敢 牺 牲（哎哟），绝 对 死 里

| 3̂5̂ 3̂2̂1̂ - | 3̂5̂ 6̂1̂ 5̂6̂ 5̂3̂ | 2 5 5 2 |

淋（哎 哟 哎 哟 哎 哟），两 目 泪 淋
咛（哎 哟 哎 哟 哎 哟），听 我 细 叮
救 中 国 （哎 哟 哎 哟），打 倒 日 本
和 他 拼 （哎 哟 哎 哟），勇 敢 作 战
会 求 生 （哎 哟 哎 哟），绝 对 死 里

| 3̂5̂ 3̂2̂1̂ - | (1 2̂3̂ 1 5̣6̣ | 1 1 0 3 1̣6̣ 1) |

淋（哎 哟）。
咛（哎 哟）。
救 中 国。
和 他 拼。
会 求 生。

中央苏区（闽西）革命歌谣选

$\stackrel{\frown}{6\,5\,\underline{3\,2}\,5} - | \dot{1}\,\underline{2\,\dot{3}}\,\dot{1} - | \dot{1}\,\underline{3\,2}\,\dot{1} | \stackrel{\frown}{6\,5\,\underline{3\,2}\,5} - |$

房 内（呀） 排 开（呀） 一 桌　酒，
出 门（呀） 不 比（呀） 在 家　时，
我 哥（呀） 打 仗（呀） 要 勇　敢，
换 班（呀） 无 事（呀） 的 时　辰，
将 来（呀） 打 倒（呀） 臭 日　本，

$\dot{2}\,\dot{1}\,\dot{2}\,\dot{1} | \underline{3\,5}\,\underline{6\,\dot{1}}\,5\,\underline{5\,3} | 2\,5\,5\,2 |$

要 和 相 好 来 送　行（哎哟），表明妹的
汉 奸 日 寇 心 肠　毒（哎哟），不可麻痹
为 国 牺 牲 要 做　到（哎哟），不敢无胆
不 敢 吃 酒 损 精　神（哎哟），锻练大力
我 们 国 家 才 光　荣（哎哟），大家来做

$\underline{3\,5}\,\underline{3\,2\,1} - | \underline{3\,5}\,\underline{6\,\dot{1}}\,\underline{5\,6\,5\,3} | 2\,5\,5\,2 |$

心（哎 哟） （哎哟哎哟），表明妹的
要 注 意　　（哎哟哎哟），不可麻痹
想 念 家　　（哎哟哎哟），不敢无胆
好 顾 身　　（哎哟哎哟），锻练大力
大 国 民　　（哎哟哎哟），大家来做

心（哎哟）。
要　注　意。
想　念　家。
好　顾　身。
大　国　民。

保卫闽西

1=F 4/4

星海 曲

合着脚步 向前行，挺起胸膛 莫苟心，

如果要活着要打拼，如若要赢就要

刻苦镇定。日本若是 侵占我的所

在，大家起来拼命到底，有钱和无钱

大家共一心，闽西永远是 我们 的。

第十一辑　少年儿童革命歌曲

共产党儿童团歌

1=C 4/4

1 3 2 1 2 - | 3 5 3 2 1 - | 6 6 4 6 5 - |
年轻 小弟 兄，　　十分 有威 风。　共产 儿童 团，

6 6 i 6 5 4 2.1 | 2 - 1 1 2 1 |
革命 精神 好像 山泉 涌，　　我们 将来

4 5 6 5 5 6 5 4 | 2 - - 0 | 5 6 5 3 2 1 |
远大 无穷 世界 主人 翁。　　儿童 团 好英勇，

5 6 5 3 5 i | 6 - 2 - | 4 5 6 5 6 i 6 5 |
儿童 团 好英勇，　团　结　　工农 子弟 千 千

4 3 2 - | 1 1 2 3 4 - | 6̣ 6̣ 5̣ 5̣ |
和万 万，　一行 战线 中。　　我们 向 前

下卷 革命山歌、歌谣曲调选

$\underline{1\cdot \underline{2}}\ |\ 3\ -\ -\ |\ 2\ 2\ 2\ \underline{3\underline{2}}\ |\ \underline{1\cdot\underline{2}}\ 1\ -\ |$
当 先 锋，　　　　来 来 来，大 家 向 前 冲，

$\underline{1\ 3}\ 5\quad \underline{5\ 3\ 5}\ |\ \underline{5\ 3\ \underline{1\ 1}\ \underline{1\ \dot{6}\ 1}}\ |\ \underline{1\ 3}\ 5\quad \underline{5\ 3\ 5}\ |$
（咚咚 咚 咚咚咚　咚咚咚咚咚咚咚　咚咚咚 咚咚咚

$\underline{5\cdot\underline{3}}\ 2\ -\ |\ \underline{1\ \underline{1}\ 2\ 3}\ 4\ -\ |\ \dot{6}\ \dot{6}\ \underline{\dot{5}}\ \dot{5}\ |$
咚 咚 咚）　一 战 就 成 功。　　哪 怕 资 本

$\underline{1\cdot\underline{2}}\ 3\ -\ |\ 2\ 2\ 2\ \underline{3\underline{2}}\ |\ \underline{1\cdot\underline{2}}\ 1\cdot\underline{\dot{7}}\ |$
家 残 忍，　　看 明 朗 世 界 革 命 祝 大

$1\ -\ -\ 0\ \|$
同。

少年先锋队歌

1=G $\frac{4}{4}$

$\dot{5}\ |\ \underline{1\cdot\underline{\dot{7}}}\ 1\ 2\ |\ \underline{1\cdot\underline{\dot{7}}}\ \dot{6}\ \dot{5}\ |\ \underline{1\cdot\underline{\dot{7}}}\ 1\ 2\ |\ \dot{5}\ -\ -\ 6\ |$
走 上 前 去 啊， 曙 光 在 前。 同 志 们 奋 斗，　 用

$\underline{2\cdot\underline{1}}\ 2\ 3\ |\ \underline{4\cdot\underline{3}}\ 2\ 1\ |\ \underline{1\cdot\underline{5}}\ \underline{3\cdot\underline{2}}\ |\ 1\ -\ 1\ |$
我 们 的 刺 刀 和 枪 炮 开 自 己 的 路，　 勇

| 6̣ 1 7̣ 6̣ 5̣7̣ | 3 - - 3 | 4. 3 21 7̣6̣ |

敢 向 前 迈 着 脚 步。　　要　　高 举 少 年 的 旗

| 3 - - 5̣ | 3. 3 4 3 | 2. 7̣ 6̣. 6̣ | 5̣. 5̣ 2 5̣ |

帜，　我 们 是 工 人　和 农 民 的 少 年 先 锋

| 3 - - 5̣ | 3. 3 4 3 | 2. 6̣ 4. 2 | 1. 5̣ 3 2 |

队，　我 们 是 工 人　和 农 民 的 少 年 先 锋

| 1 - - 0 ‖

队。

打得白狗呕呕叫

1=G 2/4

(6̣ 7̣ 6̣ 5̣ 6̣ 6̣ | 3 6 5 2 3 3 | 2 3 2 1 2 2 | 1 6 2 1 6̣ 6̣ |

2̣ 6̣ 1 6̣ | 2̣ 6̣ 1 6̣) | 3 1̲2̲ 2̲3̲2̲1̲ | ♭6̣　6̣ 6̣ |

　　　　　　　　　　　　　　公 鸡　啼（呀 格　哇　儿 哇）

♭6̣ 1̲6̣ | 1 2 3 | 5̲3̲5̲2̲3̲2̲1̲ | 6̲1̲2̲1̲ 6̣ |

红 军　到（哎），手 里 拿 着　盒 子 炮（呵），

下卷 革命山歌、歌谣曲调选

(2 6) | 6 3 23 12 | 2 21 6 | 1 1 1 2 |
　　　　叭叭 啪 啪　 叭叭　啪 呀，

3 3 6 6 | 7 76 5 | 6 6 53 | 23 5 32 |
打得 白狗 呕　 呕　叫哎，（哎　呀呀），

2·3 21 6 | 5·6 16 21 | 6 6· | 67 65 66 |
跪在 地 上 把 枪　　缴（哎 切呀切冬 切呀

36 52 33 | 16 1 | 3 5 1 | 2· 3 | 5 1 21 21 |
切呀切冬 匡呀）真呀　真 好 笑，　真　　好

6 - | 77 6 53 5 | 6 6 ↘ ‖
笑，　真呀 真好　笑（哟）。

分田歌

1 = C 4/4

3 56 5 - | 56 12 6 - | 65 3 21 6 |
好 弟弟，　好 哥哥，　大家 一齐

35 61 5 - | 61 65 3 - | 56 13 2 - |
来 唱 歌，　唱的 什么 歌？　唱的 分田 歌，

343

2 3 5 6 5 - | 3 2 5 6 1 - ‖

先前 无米 煮， 今日 谷米 多。

读书歌

1=C 4/4

2 3 2 1 6 5 6 1 | 2 1 2 3 2 - |

哥哥 弟弟 姐姐 妹妹 大家 上学 去，
革命 青年 携手 都来 上 学 去，

5 6 5 3 2 3 2 1 | 6 2 1 6 5 - |

精神 活泼 头脑 新鲜 革命 教育 好，
资产 阶级 软化 教育 我们 当 拒 绝，

1 6 1 3 2 3 | 3 5 6 5 3 2 1 2 |

你 舞蹈 我 唱歌 他说 政府 任务 怎么
来 学习 马 克思 列 宁 同志 的 理

6 - 1 6 5 | 6 1 2 2 1 2 3 | 5. 2 3 5 1 |

做。 星期日 整队 涉水 登山 多么 快乐。
论。 把一切 斗 争 经验 与教 训 集中起来，

| 5 i 6 5 5̲ 5̲ | 5 3 1̲ 2̲ 3 | 3 3̲ 3̲ 5 2̲ 3̲ |

这 学 校 是 我 们 的，这 乐 园 是 我 们 的。趁 着 少
振 起 精 神 来 学 习，认 定 目 标 向 前 进。看 明 天

| 5 5̲ 5̲ 5 1 | 3 2̲ 1̲ 1̲ 1̲ 1 ‖

年 好 时 光，到 学 校 里 读 书 去！
的 新 社 会，我 们 都 要 做 主 人！

吃了饭

1 =A 4/4

| 1 2 3 − | 5 5̲ 3 − | 1 2̲ 3̲ 3 − | 5 − 1 − ‖

吃 了 饭， 去 上 课， 上 什 么 课？ 唱 歌。
吃 了 饭， 去 养 牛， 养 什 么 牛？ 黄 牛。
吃 了 饭， 去 写 字， 写 什 么 字？ 大 字。
吃 了 饭， 去 休 息， 休 息 几 时？ 申 时。

鼓动青年哥哥

1 =F 4/4

‖: 5̲ 5̲ 3 2̲ 7̲ 1 | 1 1̲ 6̲ 5̲ 3̲ 4 | 4̲ 2̲ 7̲ 6̲ 7̲ 5̲ |

我 们 都 是 小 孩， 帮 助 红 军 砍 柴， 鼓 动 青 年 哥 哥
我 们 个 个 努 力， 帮 助 红 军 家 里， 鼓 动 青 年 哥 哥

中央苏区（闽西）革命歌谣选

$\underline{4\ 5}\ 3\quad 2\quad 1\quad |\ \underline{\dot5\ \dot5}\ 3\quad \underline{2\ \dot7}\ 1\quad |\ \underline{1\ 1}\ 6\quad \underline{5\ 3}\ 4\quad |$

不要开　小　差。　我们发　动群众，　帮助红　军耕种，
勇敢去　杀　敌。　我们拿　些东西，　送到红　军家里，

$\underline{4\ 2}\ 7\quad \underline{6\ 7}\ 5\quad |\ \underline{4\ 5}\ 3\quad 2\quad 1\ :\|\ \underline{\dot5\ \dot5}\ 3\quad \underline{2\ \dot7}\ 1\quad |$

鼓动青　年哥哥　作战不　动　摇。　我们处　处留心，
鼓动青　年哥哥　莫挂念　家　庭。

$\underline{1\ 1}\ 6\quad \underline{5\ 3}\ 4\quad |\ \underline{4\ 2}\ 7\quad \underline{6\ 7}\ 5\quad |\ \underline{4\ 5}\ 3\quad 2\quad 1\quad \|$

优待红　军家属，　鼓动青　年哥哥　莫挂念　家　庭。

哥哥当红军

1=E 4/4

$\underline{3\ 5}\quad \underline{6\ \dot1}\quad \underline{\dot5.\ \dot6}\quad \dot5\ |\ \underline{3\ 2}\quad \underline{5\ 3}\quad \underline{\dot1.\ \dot2}\quad \dot1\ |$

八月　桂花　香，　　九月　菊花　黄，

$\underline{3\ 5}\quad \underline{5\ \dot1}\quad \underline{6\ 5}\quad 3\ |\ \underline{3\ 2}\quad \underline{5\ 3}\quad \underline{\dot1.\ \dot2}\quad \dot1\ |$

哥哥　当红　军，　　弟弟　上学　堂，

$\underline{3\ 1}\quad \underline{2.\ 3}\quad \underline{5\ 6}\quad 5\ |\ \underline{2\ 3}\quad \underline{2\ 1}\quad \underline{\dot6\ \dot5}\quad 0\ \dot1\ |\ 2\quad \underline{\dot1\ \dot6}\ \dot5\ -\ \|$

当红　军，　打敌　人，　工农　群众　得　　解　放。

送别离

1=C 2/4

6 5 6 1 | 3. 5 6 | 5 6 5 3 2 | 1 1 5 5 |
哥哥弟弟 送别离， 别离莫伤悲。 哥哥要到

1. 2 3 | 2 3 2 1 6 1 | 1 6 1 2 3 |
前方去， 弟弟在家里。 弟弟长大后，

2 3 2 1 6 ‖
也到红军去。

赶起黄牛登路程

1=D 2/4

5 2 | 5 2 | 6 5 4 | 5 - | 5 1 | 5 1 |
正月 放牛 正月 正， 赶起 黄牛
二月 放牛 百草 新， 再赶 黄牛

5 6 1 | 2 - | 2 2 | 4 | 2 4 | 5 6 4 5 |
登 路 程。 黄牛 驮 的 红 心
登 路 程。 黄牛 驮 的 番 薯

$\widehat{6.}$ $\dot{1}$ | $\dot{2}$ $\dot{2}$ | $\dot{1}$ 6 | $\widehat{\dot{1} 6}$ 4 | 5 - ‖

粿， 红 军 见 着 笑 盈 盈。
米， 红 军 吃 了 好 革 命。

黄牛 黄牛

1=D 2/4

1 5̣ 3 1 | 5 5 5 | 1 5̣ 3 1 | 5 5 5 |
黄 牛 黄 牛 告 诉 你， 田 里 禾 苗 不 要 吃。
黄 牛 老 了 没 有 力， 皮 可 做 鞋 肉 可 吃。

4 5 3 4 | 2 3 1 | 2 3 4 6 | 2 3 1 | 1 5 3 1 |
不管 那是 自己 田， 还是 红军 公田里。 黄牛 黄牛
牛妈 还可 生儿 子， 养牛 真是 有利益。 无钱 买牛

5 5 5 | 1 5 3 1 | 5̣ 5̣ 5̣ | 4 5 3 4 |
脚会 走， 犁了 田来 又犁 土， 红军 公田
怎么 办， 联合 组织 耕牛 栈， 几家 人家

2 3 1 | 2 3 4 6 | 2 3 1 ‖
你 先犁， 自己 私田 放在 后。
合 拢养， 无钱 买牛 没困 难。

开会了

1=F 4/4

| 1 11 1 5. | 3 33 3 1 | 5 5 65 43 |
太阳 高高，红旗 飘飘，很多 开会 的人

| 2 22 2 - | 35 53 2 2 | 25 53 1 1 |
都来 了。 开会 时间 到 了， 先把 铃儿 摇 摇，

| 2 2 1 7 6. 5. | 1 23 1 - ‖
来来，主席 宣 布 开会 了。

儿童晚会歌

1=E 2/4

| 5. 6 5 | 5. 6 5 | 3 4 2 3 | 1 2 3 |
开晚 会， 开晚 会， 许多 儿童 都到 会。
开晚 会， 开晚 会， 许多 妇女 都到 会。

| 2 3 4 6 | 2 3 2 | 3 5 2 3 | 4 5 6 |
儿童 年纪 虽然 小 唱歌 游戏 样样 会，
从前 妇女 不出 门 如今 妇女 参加 会，

5̇ 6̲ 5 | 2̇ 3̲ 1 ‖
做活报， 更有味。
她跳舞， 更有味。

相亲相爱

1=E 3/4

3̲ 2̲ 1 1 | 3̲ 5̲ 2 2 | 3̲ 5̲ 6 5 |
我是哥哥， 你是弟弟， 大家相亲

3̲ 2̲ 1 1 | 5̲ 6̲ 1̇ 6 | 6̲ 5̲ 6̲ 5̲ 3 |
大家相爱， 相亲相爱 联合在一起，

5̲ 6̲ 1̇ 6 | 6̲ 5̲ 1̇ 1̇ ‖
打倒土豪 平分田地。

后 记

前前后后折腾了四五年,停停打打,终于在新中国成立75周年前夕将《中央苏区(闽西)革命歌谣选》编就付梓,了却了一桩多年心愿。

我早在20世纪50年代末期,便开始关注并搜集闽西革命山歌、歌谣;1973年10月至1976年末,我在龙岩地区革委会宣传组具体分管革命文物工作期间,更是搜集到大量革命山歌、歌谣。此后,我在编撰出版《闽西革命歌谣》《闽西山歌、歌谣选》《闽西革命历史歌曲选》等书时,又使我进一步积累了大量闽西革命山歌、歌谣。这就为我编撰本书打下了较为坚实的基础。

2017年5月,在迎接中国人民解放军建军90周年的时间节点,我和龙岩学院中央苏区研究院张雪英院长、上杭鄞江诗社钟震东同志一起,奉命将几十年来搜集的中央苏区(闽西)山歌、歌谣加以整理,择优编辑成书,并形成初稿。但纵观初稿,总感到还有诸多不足。尤其是书中所涉内容,距今已近百年,许多人和事以及一些客家方言、俗语,当今读者已多不熟识,便须增加许多必要的注释。因此我又陆陆续续地整理了三四年。在这过程中,上杭县鄞江诗社把初稿中有关上杭的革命山歌、歌谣抽出，编辑成《上杭红色歌谣选》内部印行，先行使用。

如今，这本集闽西七个市、县、区革命山歌、歌谣、曲调之大成的《中央苏区（闽西）革命歌谣选》问世，并作为向新中国成立75周年献礼的图书，是许多领导、专家学者群策群力的结果。中共龙岩市委宣传部，先是詹昌建部长和苏碧莲副部长，然后是王德堂常务副部长，对本书的编辑整理给了许多精准指示。中共龙岩市委宣传部理论科李俊杰科长曾参与了本书编撰出版的具体策划工作。龙岩学院中央苏区研究院张雪英院长、上杭鄞江诗社黄连池原社长和钟震东同志、郭永栋同志等，都为本书的编撰工作付出了辛劳。尤其是年近九十的钟震东同志，不辞辛劳，自始至终参与了执笔。龙岩市音乐家协会主席、龙岩学院美育发展研究院王聪生教授对本书下卷曲调部分进行了认真的校审。值此本书出版之际，我们谨对上述领导和专家，表示深深的谢意！同时，本书的出版发行，也是对早期搜集、整理过闽西革命山歌、歌谣、曲调的陈炜萍、谢济堂、江斌、苏剑、康模生、林萍、郑元福、石进福等前辈一个慰藉。

由于时代久远及编者水平有限，本书倘有谬误之处，祈盼读者诸君批评指正。

何志溪

2023年12月时年86岁